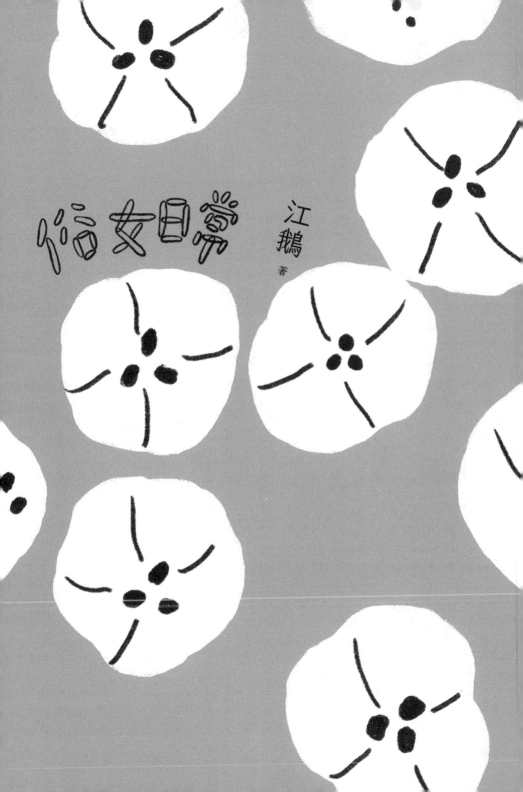

俗女日常

江鵝 著

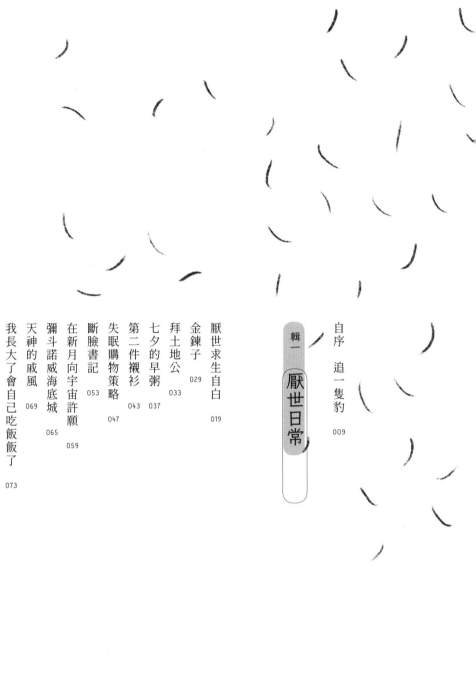

輯二 食膳日常

輯三 肉身日常

輯四

放空日常

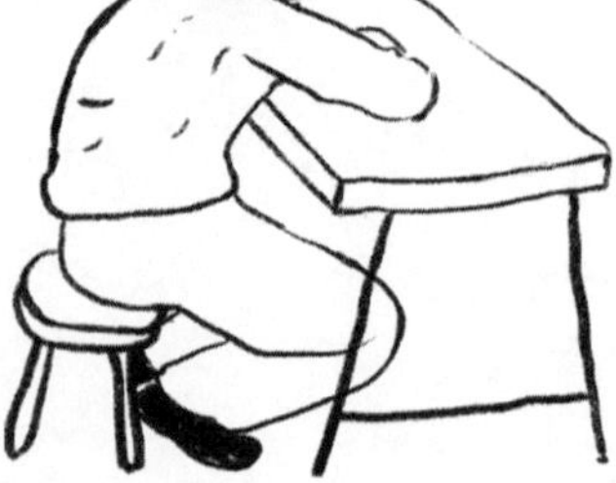

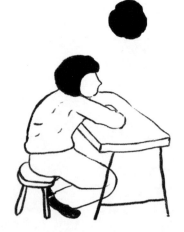

輯五

地球日常

輯六 說到愛情

自序

追一隻豹

我有一盒蠟筆和一本畫冊，專門畫豹，想要畫出來，看究竟那張臉。

二〇二〇年的某個清晨，我在夢裡看見他。

夢詳細得像電影。我要去見長輩，第一個鏡頭是開啟中的電梯門，門片左右滑開的同時，我的兩片肺葉也因為深吸的一口氣撐到最大，走進他家之前必須心理預備。不是討厭他，只是覺得與我不相干，幸好問候請安還算容易，提取這種分量的意志與恭敬已經很習慣。長輩在物質世界裡是人中之龍，維繫這個備而不用的人間顧問，是該當的進取。我是別人眼裡一手好牌的人，「不相干」這種話，不好說。

長輩家是八〇年代的堂皇，獨立的玄關比我蝸居的套房還大，闊手挖空整片地板做成天井，天光從整牆落地門窗照進來，穿過泳池般大的天井，直到下一層樓才觸地。沒有圍欄，井面橫架著藝術品般的大片鐵柵，蟲鳥草葉鑄黏精巧，看得出匠人和主人當時用心，但是鏽蝕嚴重，真摔進去不知撐不撐得住。

沒人出來招呼，我沿著井側走到對邊，脫鞋，推開虛掩的門以前，又吸了一口長氣。

大宅狹長，卻沒有隔間，只用家具區隔起居功能，都是厚實的胡桃原木，泛著英女王身前身後常見的歷史色澤。我一路走向深處，途經有窗的區域時，在光中看見大小木櫃敷著一層暗處不能察覺的薄塵。屋裡沒有人。

我為白走一遭嘆氣，轉身要走，卻看見飯廳坐著三個女人正在午茶，我從背影認出臉友婷小姐，也是不相干之人。想裝作沒看見，卻還是上前對深諳投資的她說了一聲嗨。社會艱深而我才智有限，如果向人中之鳳輸誠可以在柴米庸碌之間偷到聰明，總是要隨分隨力的做。婷小姐善於人際，邀我坐，要我吃，我在六隻等著結束寒暄好接續私人對話的眼睛底下夾碎一塊和果子。離席的時候知道白攪了一池水，社交後比社交前更感到社會艱深，我想回家。

來到玄關找不到鞋，很苦惱，不見的雖然是鞋子，卻像遺失了回頭路，以為不穿鞋就走不出那個門口，來回焦急之間，大意踩進天井，雖然急忙收腳，鏽鐵還是禁不住力，從吃重的這頭漸漸崩斷，向下垂降，另一端卻還固著在井面，鐵窗最終以四十五度夾角擱淺在兩層樓間，對我散發出失足墜樓的邀請。每一件新的發生，都在企圖取代此前最重大發生，儘管鞋子的問題還沒解決，想離開還沒離成，我必須先回屋裡提醒大家出入當心。身在人間，我想證明自己也有能力有意願執行人間規則。

抬頭轉身之際，我看見那頭豹。太陽讓鏽壞的鐵窗鋪滿一地破影，卻曬得窗外的豹皮金黃燦爛，豹最盛年最美的樣子就是這樣吧，尊貴、統御、洞悉、矯健，不能更完美。我感到與他相關，雖然是豹與人，更像是賦形於豹的某些什麼，和我覆於人身之下的那些什麼，在相映的瞬間認出彼此是異地相逢的至親。他在窗外明亮自得，我在屋內恭勤忙碌，對眼的瞬間還沒過去我已經完成轉身，朝屋裡走去，急於達成義務，對不相干的人們示警：鏽壞的天井不再安全，窗外來了你們一向提防的猛獸。對世界輸出忠誠的時候，我對於相關與不相關事項的次第排列，經常感到笨拙，也顯得笨拙。

當鬧鐘忽然響起，關閉整個世界，我感到完全的解脫，全身肌肉終於放下夢中意志鬆弛下來。同步清醒的理智，卻也再度登入現實人生，續抱昨夜入睡後放下的意志，比夢中的更龐雜，更老練，更眷寵。我隨即意識到自己經歷了一場南柯夢，南柯夢最震撼之處不在夢境本身，在於親身見證醒而未醒。

我不斷想起那頭豹，惋惜來不及分辨那場夢裡感受到的唯一相關，如果當時曾經上前相會，或毫無顧忌地對望下去，直到可以感受體內與他遙對相應的是什麼，或許不必等到從夢裡醒來，我就能知道在投身人間的同時，如何完整保存獵豹般的孤美自強。但是沒有，人豹相映的一瞬太短，我已經記不得他的臉，搜遍網路上各類豹種影像，都像是他，卻也不能肯定是他，我把最後一線希望放在自己身上，作為唯一目擊證人，也許有一天能描繪出來。

我在召喚一隻豹，以圖畫和敘述反覆拼湊。成果都像錯置，他成為我最新最大的「不可對人言」，不是不願意，而是最迫切最渴望陳述的那些，說不清楚。寫作上的氣氛尤其如此，對於可以輕易交代的事情失去表達興致，像喜功的獵人，收斂鼻息手腳伏在低處，一心等待那隻值得出箭的豹。豹不來，我便持續感覺到不能寫。

因為籌備《俗女日常》一書，我又醒過來一次。這本書是《俗女養成記》之後，至今五年期間，發表在明潮〈俗女日常〉專欄與自由副刊兩性版專欄，和其它刊物上面的文章選錄。回頭去讀才記起曾經有那麼多生活瑣碎可對人言，雖然多少為曾經的文字表現感到羞赧，卻也震動，當時長期處於交稿需求，時刻留意著有什麼能寫，回顧起來竟發現我在遇見那隻豹以前，已經開始追獵那隻豹。那些細瑣的陳述，都在還原寄附於俗常，卻也不安於俗常的生命輪廓，俗常之於人，像斑紋之於豹，人人皆有，各個唯一。當時還不知道，這種原發性的追獵將要持續膨脹著顛覆我所有的既成道路，反而沒有怯懦，浮沉在生活裡，不計利害地對世界發出按耐不住的僥倖或哀嘆。每一次魯莽都是當前人生的快閃限定，在自認能寫的時候，遇上有緣的發表機會和願意擔待的編輯，是命中不可解釋的機緣巧遇。

《俗女日常》成書出版，讓我目睹自己需要寫，需要說。愈來愈明白我在寫作上始終會是業餘的參與，駕馭文字不是我的終極慰解，甚至偶有「反正人話難逃以指指月」的虛無心情，但是每一次藉著吐露對生活難以自禁的理解或疑惑，解除或促成當下的孤獨，都像蒐集到一枚獨一無二的獵豹斑點。斑點成把成堆，在得以貼回豹身，精準就位以前，像攢在袋裡的白米，埋手進去能摸到他人無法供應的熨貼，和因此不可能外求詮釋的寂寞。

自覺不能寫，是必然的糾結。越是不能為體內最洶湧的那些做出精準翻譯，越是看見自己在想說與不想說的掙扎裡，隨順了什麼，堅持了什麼。在夢裡見到那頭豹的時候，我也是孤身一人，在回頭與離開之間躊躇難安，這或許是我能看見豹，或豹能遇見我的條件設定。高床軟枕處，想來養不出那樣一頭天然健美的獸。

先有前行，才有回頭的看見。就好像我學過外文，才愛上中文；講好台北的國語，才能講台南的台語；決絕排拒過人間，才養出寬和納受人間。關於追獵，我只好懷抱盼望，繼續在生活裡琢磨所有可對人言的細瑣，等待每一次在不可對人言的視界裡，依稀照見那頭言語道斷的豹。

原本與後來，都在日常。

輯一 厭世日常

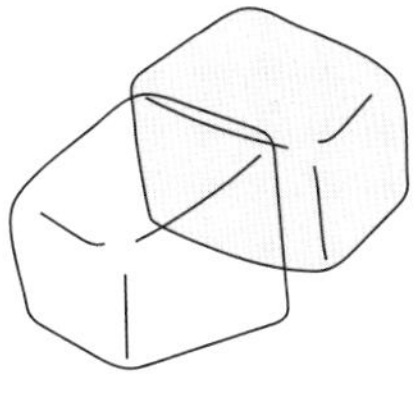

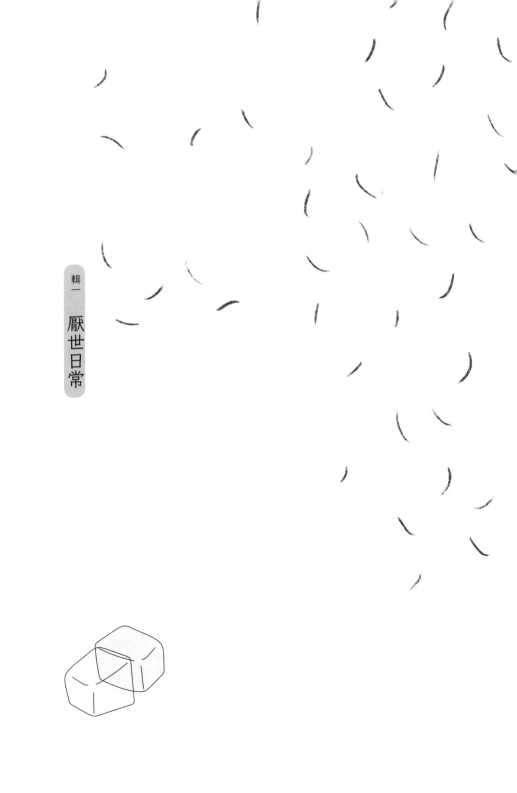

厭世求生自白

其實那種「吃一口美食感到無比幸福」的心情，我很少有過。給我取名的算命師說我命帶食神，我在家跟著阿嬤，出社會跟著各個雇主，果真吃喝過一點好東西。好東西吃進嘴裡的確深感慶幸，需要的話我也能配合現場氣氛全本演出「很順口，不會膩，在舌尖嚐到幸福的滋味」，但是真要說美味能夠製造幸福感，我始終不太能夠把兩回事畫上等號。我的幸福水平線並不全然與味蕾的福祉連動，即使是滋味欠佳的隔餐便當，也不能減損我的心情，這大概是我可以長年吃素，絲毫不覺得損失的原因之一。我很少提起這件事，因為不相信別人可以理解，有時候在廣播裡電視上見聞到饕客對於美食的無上熱情，特別在暗中感到寂寞。

小時候姑姑帶我到舅公家買鞋，舅公的鞋鋪在菜市場裡，一個極其簡陋的鋪位，勉強用木板隔出上方夾層，一家幾口跟堆上天花板的鞋盒擠在一起生活，要睡覺的時候得要猴子似地攀上去，我好事跟著爬過一次，果然撞垮幾落鞋盒，但生存空間拮据的舅公一家從來對我慈藹和悅，我很喜歡他們。妗婆好靜愛貓，時常備著貓飯，任市場裡的貓來去飲食，那天姑姑牽著我走進市場，遠遠看見妗婆的女兒從城裡回來，正在鋪前招呼小貓吃飯，姑姑欠身對我說，前面那個就是妗婆的女兒，在學校教書的，跟妗婆一樣都是怪人，不愛跟人講話，養一堆貓。我配合著笑了兩聲，在心裡記住這個定義，提醒自己不要成為這樣的，連自家親戚都要加以指點的怪人。

所以我是先試著做了熱愛社交的一般眾人，摸熟了主流的模式，卻在半路上覺得事情不太對勁，才一步一步離群索途，既無奈又自願地，走上如今這個容易招人關切的、無夫無子的、拙於交際的、只對貓笑的、回家不看電視的、連吃飯都難以隨眾的人生狀態，而且不改其志。近年流行厭世梗，用刻薄的黑色幽默戳破各種困頓荒謬的人生謊言，這個提倡積極功利團結拚經濟的社會，終究走到了這一步，不得不檢討偽善的面目，反省曾經有過的虧待，讓我忍不住要老生拂鬚式地哀鳴三聲，台灣終於看得見，群體之下存在著多少各種委屈喘息著的個人了嗎？

關於厭世，我算得上資深業內人士了吧，業障的業。厭世原本為的不是求死，是因為想活，是因為領悟到身在人群立成孤魂，厭離才有活路。這個社會對於人生的固有想像，沒有太大的彈性。好比吃素這回事，我說自己吃素不覺得損失，那是說我告別了曾經熱愛的滷肉飯與炸雞腿，並不感到遺憾，但是遇到隨意打發素食餐的廚房，我是吃得出來自己蒙受什麼虧待的，以付了同樣飯錢的立場來說，而且是經常。大多數的人，像指著怪人要我留意的姑姑一樣，難以想像為什麼有人要特立獨行，平添自己的阻礙和他人的錯愕，在這個愛吃懂吃才是格調的世界裡，既然有人堅持不吃肉，那是沒有要好好生活的打算了吧！既然如此，隨便餵點東西就可以了，畢竟你吃得不好不是眾人的問題，是你選擇吃素所帶來的下場。

阿嬤曾經勸我別吃素，因為吃素會歹命，我逐漸能明白這個說法。為了吃到一份待遇公平的素食餐，我經常需要特別去拜託或提醒廚房，現有的材料可以怎麼配怎麼煮，如果和大家一起翹腿閒聊等上菜的話，事情很容易有出乎意料的發展，不少廚師們明明平日深諳火候與食材的關係，但是一聽到素食，想到不蔥不蒜不肉，就會忽然好像廢了武功，在自己的專業上端出離譜的成果來。然而他們不是沒有能力做，只是從來沒有關心過習慣以外的做法。這會說的當然不只是素食，這世上絕大多數的眾人，都不是沒有能力好好對待和自己不同的人，他們只是從來沒有關心過習慣以外的做法。

生活難，所謂怪人的生活又必須比眾人莊敬自強一點。我經常需要交代開始吃素的緣由，回答營養學上的質疑，在對方的防備中澄清我並不評判別人吃肉，在施捨的目光之下聲明我不同意自己的口慾需要憐憫。必須反覆對著眾人解釋自己的意志，也是令我厭世的一環，對牛彈琴使人疲勞，既然真心解說還是得落得披鱗長角似的怪人下場，我不如就退到邊上靜靜活著，反正眾人面前我已經註定格格不入。

怪人在這世上找活路，精神意志一般來說已經比常人堅強，他的路要嘛孤單地走，要嘛和眾人對幹著衝，有時天晴，有時暴雨，也難免會有筋疲力竭的時候，那就是魍魎黑夜。眾人很難看得出怪人正走在夜路上，因為失去求生意志的怪人走不遠，在人群裡看起來特別乖巧，會笑會扯淡有時還能歌舞喧鬧，夾在眾生之間隨順起落，消極等待最後一絲生命力的飄逝，把這個位置讓給更適合的人活。在某些時刻，「厭世」兩個字會忽然從長久以來蟄伏狀態的形容詞，瞬間轉化為動詞，先加 ing，隨即換成 ed，從此和某個怪人的生命一起成為過去。這個時候，眾人才要大吃一驚，懊悔當初要是多留意就好了，這句話在三五天的勞碌之後，往往又淪為一個體面的謊，眾人自顧不暇，隨人顧性命。

每當我去到陌生的地區，走遍整條街也找不到任何素食店家可以吃飯，會去問一般食舖的老闆，肯不肯做一碗白麵拌麻醬，或清炒一份素麵給我。被應允，甚至被多問一句：「加一把小白菜要不要？」的時候，我會覺得自己忽然成為《口白人生》第二集的電影主角，正在演出一段吳念真筆下的劇情，描述著迷惘時代混沌人性裡依稀存在的光亮，那種「台灣最美的風景是人」的溫馨橋段。但對怪人而言，旁人一時的暖心其實不足以挹注長遠的生存，真正能夠長遠的，必須要是平日裡可以稀鬆看待的尋常，就像鼎泰豐裡的香菇素餃和素食炒飯，任何時候走進店裡，無論點菜的時候好聲好氣，還是冷面冷語，端上來的都是烹調水準與他人一般整齊的食物。需要等人發揮愛心的對象，怕是難有活路。

有時候對於自己身為怪人的艱辛，難免感慨。台灣富過三代了嗎？可以懂吃穿了嗎？個人意志可以探頭出來不被打槍了嗎？問題乍看有兩個答案，其實沒有選擇。我不做自己活不了，人類文明的演化不會回頭，台灣也不會回到二話不說服從威權的時代。上一輩為了過上好日子，不惜工本栽培下一代，然而教育這事不單只是拿學歷換薪水那麼簡單，教育是個買一贈十的同捆包，書讀得夠多，見識就會長，思考就會廣，獨立意志就會養成，翅膀就會硬。某程度來說，這也符合上一輩要我們過上好日子的盼望，人類正在面對的課題，就是要進一步尊重每一條個別的靈魂，捍衛每一種生活形式的自由，讓全體生存品質向上調整。無論這是不是舊輩人意料得到的結果，都是我們正在承接的現狀。

眾人永遠會相對於各種少數族群而存在，好像我在餐桌上屬於少數，但是對外籍移工來說就是眾人；在親子教養議題上是少數，相對原住民來說是眾人。舊時代的眾人可以對著怪人指點排擠，但是如今的眾人需要學習的是聳聳肩，說：「喔對他和我們不一樣，但人家也有同等生存權利」，把任何與我們相異的個體，都承認接納為太陽底下的正當風景，這是人類文明裡正在發生的改變。無論喜歡不喜歡，我們都已經來到大隊接力的接棒區，只能接過棒子往前跑。這世間哪裡有什麼東西，能夠今昔同一面目，萬年齊整不變呢？能變，才有機會進步。

有時候我會想，地球上的生命進化到現在，為什麼我們是人，而不是阿米巴原蟲。是不是最初曾經有一隻蟲，決心要壯大起來，所以在細胞裡種下了基因的突變，成為一頭獸；許久之後，又有一頭獸，決心要在交配與覓食之外，找到更能誘發生命力的事物，於是在那個關鍵突變的脫獸基因裡，生出一股永不滿足的驅動力，朝著遠離獸性的方向去尋找答案、於是演化成人、於是我們無法止息地尋找著，各種讓人類文明更加高明的可能。未必每一個改變，都能通往更高明的文明，但是在心裡、在社會當中挪出空間，尊重每一種不同的身分，免去他們怪人的標籤，承認每一個我族或異己，都享有同樣平等的生存權利，那份寬厚與謙卑，至少不會讓我們距離高明越來越遠。我是這樣相信的，這是我在厭世的業障中，從來沒有懷疑過的清明。

金鍊子

時隔二十幾年，我又戴起金鍊子。

我的第一條金鍊是姑姑給的，當時的薪資水平與物價指數還不是這種窘境，加上傳統觀念對於黃金的偏愛，家家戶戶大概都有些金項鍊金戒指。從小在媽媽和阿嬤的梳妝台翻著這些首飾玩，我只敢把手和脖子伸到開著的抽屜上方試戴，萬一滑脫才能掉在有得找的範圍裡，要不然就得換我落入被打到斷腿的刑事範圍，黃金畢竟是財產等級的東西，小孩子也知道厲害。

所以當姑姑送給當時國中生的我一條金項鍊的時候，真是要躲在棉被裡偷笑的那種開心。開心不在於鍊子本身的價值和美感，而是終於被認可為能夠擁有黃金的準成人，對一個十出頭歲的女孩來說，那是等了一輩子的事情。只不過，人不管等的是什麼，等到了就是一個結束。鍊子戴不多久我就拿下來了，準成人在各種同質化的訓練下，果然還是走入灰階的反叛視角，覺得成人做什麼都落後迂腐，黃金項鍊因此受到波及，誰要把那種動不動就龍鳳呈祥的東西掛在身上？身為青春的本體，對於俗氣的事物當然要避嫌，造嘎哪杯。

多年後我成為上班族，黃金在國際市場上有了奇妙的波動，身邊總會有人關切黃金售價，讓我不看電視也能知道漲跌，才又記起黃金是貴金屬，再怎麼俗氣都等於錢，而錢又等於地球人的生命意義。這句話明明是誇飾，對比起現實卻像白描，這向來是我體內長期的矛盾，金錢很能激發我理智上的焦慮，人生好像就是應該積極賺錢才叫上進，但是我的薦骨卻對於金錢不是特別有回應，薦骨沒回應的事情也就只能一直停留在腦袋裡面，偶爾浮出來響警鈴，卻成不了什麼氣候。記著有什麼事該做，卻一直沒有力氣做，是我的人生常態。

一直到，我想起一件事，或者說一個物理事實。無論價格高低，黃金始終是黃金。無論人的眼睛看著黃金，想的是行情還是流行，黃金一直是原來的樣子。黃金是這個世界上少數幾種不求與人化合的物質，從頭到尾只想自己一個安靜被動地待著，無論在別人眼中是貴是賤，無論迫於環境得要延展到多麼薄弱稀軟的地步，它都是一樣的十足真金，死活維持著澄黃閃亮的原貌，就是它的價值所在。這回事想一輪，好像重修了一堂理化課，上世紀第一次學到這些知識的時候不覺得怎麼樣，人生近半以後卻彷彿得悟天機。科學與神學果然是史豔文與藏鏡人一般的關係，說到底是一母所出。

戴回金鍊子以來，每一次照鏡子都像被面前的另一個自己提醒，You are gold. You've always been gold. 根本是種認知層面的復健。話說成這樣貌似氣氛凝重，實際上頗為愉快，黃金在光線底下發亮，是多麼討喜而無償的景象呢。無論日光或燈光，人和鍊子總有得照光，看著金鍊在光線底下叫人難以忽視的閃澤，我得承認，這世界這時代固然令人百般厭離，但是始終不缺足以照映真金的光明。對於這個事實，我期望自己能夠盡量懂得感恩，一絲絲聰明戲謔都沒有，永遠也不要有。

拜土地公

拜土地公是新養成的習慣。一開始只是為了燒金，在都會裡生活的人想找個地方合法放火不容易，我沒料想過自己有此一朝，得鄰「路邊金爐付宮廟」比得宿「露天風呂付客室」更感到僥倖。

徒步範圍內的金爐尤其好，需求發生的時候，能夠越早抵達越好。我不明白為什麼人會有想要，或需要，凝視火焰感受炙熱目睹灰燼的當下，但想要和需要本來就不是理性範疇裡的事情，拜火教的開山祖師說不定一開始也只是覺得火光很美，後來眾目睽睽之下不得不編派出各種癒身療心崇靈的理由來說。發現住處附近的土地公廟有座金爐，因此驚喜萬分，從此再有心情未拄好，除了上網買衣服、大口吃澱粉，還可以出門去拜拜。

為了合情合理站到金爐前面點火，我仔細學習怎麼拜。拜土地公和拜文昌帝君的氣氛完全不同，文昌宮裡多是來求一時好運的人，生澀緊張，混在裡面即使稍嫌愚鈍也不顯得突兀；土地廟裡的香客卻各個在地，行禮如儀之餘還能與廟祝隨時聊上兩句，恭謹得很閑散。正當菜鳥以為氣氛無拘，供品香燭的擺撤因此怠慢程序正統，坐在邊凳幾個等香過的阿伯阿嬸卻又立時分開上下眼瞼，老僧紛紛出定關切世事。大概沒什麼人能在土地公廟裡假扮無知參拜少女太久。

我現在會了。金不能急急拿去燒，既然急不得，握香稟祝乾脆慢慢來，說我是誰，家哪裡，事如何，求安住。從前沒想過安住可以求，以為做人當做大丈夫，心要安身要住都得靠自己，只能靠自己，誰曉得人生下半場赫然發現異次元遍布求救系統，信號彈打到那邊去，也不知象限之間怎麼個連通法，這邊的事有時候居然也就逐步妥當。與其追究能不能信，不如看做能受，而且能謝。應許與容受，也是蘿蔔與坑的關係吧。

意外發現，心裡有事找土地公實在比找人類方便太多。朋友有限，尤其我的朋友人數特別有限，說得上話的雖然有，要找要約太過麻煩，神明天天坐在廟裡，跟誰都沒有利害關係，口風緊，不生事，看不破放不下的中年婦女不找轄區內的土地爺爺討拍找誰？自家阿公都沒這麼寬宏理解。有得在祂跟前吐出一口氣，事情似乎就小了。後來舉起香，千言萬語都說成一句深切的「懇求慈悲護佑」，土地公能看照多少都好，人走出廟門一樣要把日子勤實過著。祂知道，我知道。

上次去拜，沒燒金，供了花生和酒。

七夕的早粥

七夕那天早上，我在老家的市場裡吃鹹粥。粥才端上，方桌左右各來一個婦人，夾著我坐下來，都像剛買完菜，隨意停在店口的機車龍頭吊掛著各種生鮮。

三人三方三碗粥，左右兩邊顯然相識，忽然聊起拜拜的細節：「啊是要等暗時，還是過晝就可以拜？」沒有招呼，沒有前言，沒有當我坐在中間是個人。但這事也不好判定應該檢討別人，還是我自己，說不定人家根本預設整桌都是自己人，無論親等都歡迎隨時摻進去講，隨時都能把歸世人拿出來講。

總之，人在市場吃餐飯，就能獲知農村當日頭條。原來七夕要拜鳥母。鳥母床母，都有人叫，守在床邊照顧小孩的女性神祇。從前家裡一出現新生兒無端發笑的情事，阿嬤就說是鳥母在弄，鳥母在我的想像裡因此是個慈善幽默的小老太。

「都可以，暗時可以拜，過晝也可以拜。人說厚，卡早拜咧，鼻子卡未凹。」我一聽隨即微幅調高頸椎角度，好不動聲色跟緊右方婦人的發言。阿嬤一輩子嫌我鼻子塌，怎麼從來沒提過鳥母是鼻型美學育成要件之一？這種事我媽不知道沒什麼意外，她就是條漢子，但阿嬤那麼致力於村里資訊交流，居然也有沒跟上的消息。總不會鳥母近一二十年才開始計較起祭拜時間吧？

「若是卡晚拜，一直乎人壓去，安捏鼻子會卡凹。」三方陷入靜默。其他兩人把握空檔吃粥，我的粥碗卻變成儲思盆，浮現平日親善的烏母老太太因為一年一度的用餐時間安排太晚，上前去把小孩的鼻子壓扁的畫面，頗為驚悚。我估計，阿嬤之所以不知道這個規矩，就是因為規矩本身太離譜，無法普及。

「啊你攏拜啥？」左方在吞粥的空檔接著問。

「拜麻油雞啦，拜一點飯啦。」右方婦人閒擱在桌上那隻手，戴著三個戒指，各自鑲著渾圓翠綠的玉石，和成排白閃閃透明小石頭。我猜她的祭祀菜色這麼簡單不是為了精省，而是禮俗如此。

「油飯齁？」原來左方的發言不是為了求教，而是在擴充田野調查採樣量，她根本知道答案。

「油飯也可以，白飯也可以。」有鑑於上一題她也說晚拜早拜都可以，合理推測這一題是敷衍作答，她很可能有偏好的選項卻沒提。但不怪她，面對一個嘴裡蹭著樹子豆腐，不斷朝桌面噠噠吐籽的人，我的答覆意願可能更微弱。

「啊魚仔可以拜嘸？」田調問卷繼續進行。

「拜魚仔，」這個題目似乎讓右方嚴肅起來，她刻意製造半秒空檔，蓄積後續言論的震撼力：「囡仔的目睭會像魚仔安捏，蓋不起來，暗時仔目睭金金攏不睏！」我倒抽一口沒抽出來的氣，地方媽媽對於育兒的擔憂，原來和我一樣：怕他們鼻子塌，怕他們不肯睡覺。我老是擔心兒子鼻子塌，要受鼻淚管阻塞的苦，而且兄妹兩貓半夜鬼吟鬼哦不睡覺，十分令人困擾！這一題牽涉到全天下家長的睡眠品質，難怪她那麼慎重。

我正要向她投以欽敬的眼神，腦袋裡的鐵齒委員會卻衝出來攔路喊停：

不對，我沒拜過鳥母！魚都直接進了貓肚子，哪尊也沒拜，罰則根本不適用。等一下，其實無論拜不拜，拜得對不對，地方的小孩本來就很容易遺傳性塌鼻子，天性愛玩不睡覺啊。哎呀，盲腸就在這裡吧大夫？這一切根本不關鳥母的事，對吧？對，我覺得對。

我舀起最後一口粥，品嚐獨自發現真相的孤獨。不是所有真理都適合傳播，而且當著鳥母用餐日，對著備餐人質疑供餐必要性，未免太魯莽，人要拚膽識也得看狀況，我上有高堂下有老畜的，話讓別人去說就好。左方婦人果然興沖沖追問：「聽講地基主也不能拜魚仔？」可能想順便幫不吃魚的神明造冊。

「囡仔未曉噌魚刺啦！」

這句話一出來，我察覺到全體鐵齒委員全醒了，心知不妙，默默擦嘴收包，結帳離去。再聽下去我腦中生出來的鐵齒論述恐怕連地基主都要得罪，誰知道他們會多少讀心術。我只是因為嚮往真理，特別熱衷於科學式探討，又正好在七夕早上走錯地方吃早餐而已。謝謝，對不起，無代誌。

第二件襯衫

說一件襯衫的故事。

年初去拜文昌宮。雖然一把年紀，面對人類圖分析師的資格檢驗還是感到迫重，平時慣於逃避壓力的人，一旦決定直面，就是押上身家的應戰規模，除了勉力備考，我還百般慎重拜求了文昌帝君，求許一次強運。

所謂慎重，不過是蒐齊網路上的祭拜指南，從中揀擇適合的項目，加強實施。祭拜並服用吉兆食物那些，以平常心從俗做完就算。我老覺得仰賴諧音尋求庇佑不是非常周延的邏輯演算，相較之下「把考生隨身用品帶去過香爐」卻內含莫名吸引的神祕質變潛能。香煙是實際存在的微粒物質，把蒸浸過祈願與許諾的香煙微粒沾附在考具上，令我充分感到物理與化學層面的雙重吉祥，因此列為執行重點，連筆電都帶去了。

「考生隨身用品」當中有個重點項目，是應考當天穿著的衣服，而且必須是有口袋的衣服，才好把福佑袋住。依著清單籌措到這項，我突然機警起來，此次應考既然未雨綢繆到求神的地步，何不乾脆綢兩層？多備一件襯衫多袋住一點庇佑總不會吃虧，萬一不幸落第，補考還有得穿。要說人到中年學得什麼教訓，考試不能光靠實力，這道理不能不認。

果然，文昌帝君靈聖，檢定作業上繳後，老師再沒興趣見我指導我，只讓我樂觀等待後續。精心熏製的福佑寶衣穿掉一件還剩一件，我拿夾鏈袋實實妥妥包好，收在五斗櫃裡，從此在心裡多了一個牽掛。這樣威猛的一件文昌神衫，什麼時候拿出來穿才不叫浪費？也不知夾鏈袋能封存多久的神力，信女務求趁著效力新鮮用在刀口上。

刀不久就劈下來了。八月初，我在韞玉書院的生活散文寫作開始上課，課前看見學員名單，腹內湧出寒意。不對勁，這當中絕對不只有一般社會大眾，好幾個名字都是文字專業人士，我預備的那些素人心得真不知如何見人，寫作已經是種裸裎，要在專業面前說自己怎麼寫，更是脫了衣服解肚剖腸給人看。事到當時要去死已經來不及，死了對不起人家的學費豈不更進一步的歹交代。

開課那天，我站在教室前面擺出端莊鎮靜，問大家課程介紹明明邀請的是想要嘗試書寫的一般社會大眾，怎麼台下這麼多厲害人士和舊生呢？這樣我同一個笑話該怎麼講第二次呢？大家萬一睡著的話要我該如何面對自己呢呢呢？台下聽了竟然不予否認，只是文文啊笑，整片意義不明但氣氛親和的文文啊笑而不答。到底。

我後來懷疑，會不會，神恩這種東西不能求來囤？我會這樣走進一個自慚於文采不足的處境，說不定就是因為家裡閒閒冰著一顆香軟肥滋的文昌運。人求神之所以能懇切，就是因為志未得意不滿，之前多求一件襯衫備用，是不是也等於預設了之後將要心虛氣短？

我解不開這一題，世上究竟先有蘿蔔還是先有坑？凡人俗腦適合進行的思路方向，或許還是應該感念在那個自覺脆弱裸裎的教室裡，能有件無敵寶衣穿來蔽體護心，明明白白是椿神恩。況且，此刻再想起台下那些笑容，文文之中其實帶著慈悲的光輝，怎麼會有這種好事？這些人還得週日一早起床呢。除了神恩，我想不出別的解釋。

這個故事的教示是，偉哉文昌帝君，但寫作課不該再開了。

失眠購物策略

我越來越懷疑，人的腦袋在橫著的時候，運作方式和直立的時候不同。可能也不是躺下和站起的瞬間就有立即的變化，大腦含水量那麼高，可能搖晃過後得靜置一陣，內部成分才能完成新布局，像雪景玻璃球那樣。

至於得橫上多久腦袋才會產生異變，我也說不上來，但就是每次睡不著的時候，特別容易做出一些有別於尋常的決定。這裡說的睡不著，不是剛躺上床不覺得睏，而是明明很累，而且已經左右躺滾八八六十四次，月亮走到中天，貓的呼嚕都變成鼾聲，蒸氣眼罩也完全涼透，人卻還醒在那裡體會膀胱裡的點點滴滴，擔心萬一起身去尿會振作出更煥發的精神，的那種睡不著。

只好滑手機。臉書和ＩＧ在夜半時分只靠西半球的人類更新，不多久就能滑完，看來看去反而不如廣告吸睛。要知道，這兩平台都是馬克的，看馬克的臉也知道不是普通地球人，一早不知裝了什麼監控系統側錄我腦波，專投放些我想買的東西。

最近是短靴。冬天穿長裙的時候搭短靴好像不錯，我想了幾個禮拜，來來去去瀏覽過近百雙，放進購物車的也不是沒有，但都在最後關頭停下來。不是因為不好起身拿卡，卡號我可是站著躺著都能背，我停下來是因為，半夜睡不著買的東西出過一些事，一些我在躺著的時候想像不到的事。

好比地瓜。我在某個半夜看到無毒農場限量銷售惜福地瓜，特別小特別怪樣，不好收到市場去賣的那種。橫置的腦袋大為歡喜，因為營養書說澱粉要吃原型的好，而小地瓜的皮肉比例又優於大地瓜，一箱三百好便宜，天賜良瓜，買。

然後地瓜就來了，一箱二十斤，郵局那個三號便利箱裝得滿滿。人對數字再怎麼沒概念，眼睛看到二十斤地瓜也會知道，那不是自己吃得完的數量。我和陳小姐對著地瓜發愁，想分送出去，打開手機通訊錄滑來滑去，兩個社交低能人為了好意思請誰幫吃醜地瓜苦惱一個晚上。地瓜吃不完是一回事，要思考人情社交比什麼都苦惱，而且苦惱完了一樣得回頭面對吃不完的剩食煎熬，煩死我。這前因後果簡單明瞭，即使手上忙著打字寫稿，只分出百分之一個心我也能預知下場不樂觀，二十斤地瓜就算免費也絕不能要。

但是躺著的時候，判斷力就怪怪的，什麼短靴看起來都好像一穿成孝真。要是問此刻坐在電腦前面的我，對於網購靴子有什麼意見，那當然首推試穿之必要，靴子不比拖鞋，不試不會知道腳趾頂不頂，腳跟磨不磨，小腿短不短，步感順不順。要不是經歷過深夜地瓜事件，我可能已經買完幾張單，現在正在煩惱退換貨事宜。

所以睡不著的時候，到底可以買什麼？我最近一次的失眠購買商品，是line 貼圖。要知道，貼圖並不是想買就隨時找得到適合標的，熱銷款式雖然可愛卻容易撞圖，要有點獨立性格，必須到「原創貼圖」去大海撈針。這種事要不是趁著失眠，誰有那個閒工夫瀏覽成千上百個良莠不齊的作品，找一套風格不俗、功能合用、薦骨終於肯回應的來買？不過，真找到的話，的確能開心好一陣，一套二十四張，幾個月內陸續都有「首次用上」或「終於用上」某張圖的興奮時刻，以成本來看是獲利相當長遠的投資。說到成本，貼圖單價低，一個晚上錯買十套也不至於動搖國本。萬一貼圖買飽了還是睡不著，那就繼續上網買歌，意思差不多，試聽過幾張專輯，眼睛累耳朵累也許正好有得入睡。

我能歸納出這個失眠購物策略，不無得意，但是區區一個購物策略，知識價值潛力絕對遠不及那個人腦橫置直置的議題，之所以費事分享，為的是希望能夠啟發科學家們，終於找出腦子打橫時所產生關鍵遮蔽現象，為醫學開拓更進一步的成就（徹底杜絕失眠者半夜買錯東西的風險）。

不客氣，我為人人嘛！

斷臉書記

去年的這個時候，我開了一個以孝真為名的臉書帳號，為的是戒除臉書。

嚴格算來我斷過兩次臉書，一次為了省時間趕工作，一次為了省心，省眼冤。省時間的那一次我還是生手，以為戒癮乃大丈夫之事，大丈夫戒癮就要冷火雞（Cold Turkey，英語俗諺，比喻突然完全戒掉某種成癮），說不碰就不碰。不僅刪除手機程式，用電腦工作的時候也禁止自己開瀏覽器看臉書，只在必要的時候進粉絲頁維持最低限度的管理。結果差點憋死，不到三天就腳麻手麻腦缺氧，那時才發現，臉書之於我這個不看電視的重度宅女，是唯一資訊平台。

儘管臉書的運算法越來越大主大意，我還是盡力手動把頁面控制在自己的想看的範圍裡，都說待在同溫層裡難有長進，我倒是為自己的臉書頁面組成感到驕傲。實體世界裡躲不掉的反智和跟風，在這裡全都能按X關掉，遇上發帖無度的洗版王，還能暫停追蹤三十天。人的同溫層是自己經年累月揀擇出來的，到後來，我牆上除了親近的臉友貼文，最常出現的居然是各種科技新知、偏黑帶酸的迷因（Meme）、以及巨量的傻貓呆狗。選擇接收哪些訊息，和挑選吃進肚子裡的食物成分一樣重要。中年人生必須保健，既然要承擔卡路里，我只吃最喜歡的甜點；如果免不了折損黃斑部，當然只看我有興趣的。

所以，我沒了臉書，等於置頭腦於斷食。我一度以為只要在手機下載新聞程式，跟上重大要聞就能緩解饑荒感，但台灣媒體的含金量低不說，含渣量簡直驚人，看完十分鐘新聞得玩二十分鐘消除遊戲才能消除沮喪，到頭來浪費的時間比省下的多，真是八十七個何苦。當時精神窒息的我，倉促把工作趕到安全的階段，就把火雞解凍了。

第二次戒斷，我做足了預備。既是為了省心，拿掉臉友成分就好，我另以孝真為名開立新帳號，再到慣看的頁面去，幫孝真追好讚滿，這樣就能繼續開著窗戶供氧供貓狗，也不怕粉絲頁顧不了。滿以為能夠無痛轉移，馬照跑舞照跳。

對人事特別疲勞的狀態下，無友世界一開始的確帶來及時的清爽，像原本同路的夥伴們忽然消失，留我一個自在晃蕩，隔著整個世界，以靜音模式閑看路人的忙碌樣態。沒有臉友的世界高度養生，像重病患者改吃無鹽無糖的清淡粗食，體內臟器頓時鬆了一口氣。我躲進角落裡回血補氣，卻也在此同時，更進一步體會到臉書為什麼難戒。

因為可愛的人還在那裡，也只在那裡，在臉書真正式微以前，熱鬧還是得在這找。那些我喜愛多年的機靈人、奇葩人、貓人、狗人、同道人，實在難在別處遇到，我說同溫層好，就是好在他們身上，只是世情綿延，人事都是一個連著一個，可愛的怎麼樣都會連上可厭的。好消息是，長久下來我發現，有些人之所以可愛可敬，就是因為即使連結著可厭之人，居然還能繼續可愛，這豈不是靠著北邊可愛嗎！為了逃避煩心的可厭人事而脫離臉書，就像癌症化療對身體細胞的無差別攻擊，刪去壞的，也留不住好的。世事的瓦全之所以總是多於玉碎，或許就是因為可愛與可厭兩難相絕。

我想念可愛的人，看見這些可愛，才不那麼對生活氣餒。臉書有實體世界難以達成的心智類聚機制，我自臉書開張以來打點至今的整齊同溫層，已經是平日裡不可或缺的養分。煞費其事的臉書禁斷，讓我看見自己精神潔癖裡的中二，也寫完一張臣服的考卷，臉皮心臟都增厚一點點。回到個人帳號去，看見可愛的人們依舊在牆上發著神文與廢文，那一刻，我很確定自己不想當孝真，我很樂意在原來的生活裡，繼續當我自己。

是說，如果有人要叫我淡水孔孝真的話，我是不會拒絕的。

在新月向宇宙許願

新曆年前後是立志（再立志）的高峰期，所有新年相關舉措當中最令我興味盎然的，大概是看著別人立志。翻開嶄新的行事曆，把今年沒減成的肥和沒存到的旅費冀望到來年實現，不可不謂通情合理，但年底其實也是眾人驚覺，偉大的抱負再一次滅頂於日常庸碌的時候，正所謂四季容易又到頭，歸年通天無出脫。能夠哀號完了隨即扭頭從頭來過的，必須是特別有出息的人才，血液裡如果不是流著過人的樂觀，很難這樣屢潰屢起地堅信自己前半生的散漫能在次年忽然獲得有效控制：新的一年裡他就不會依賴澱粉了，就不會在雙十一犧牲極光之旅預算購入遊戲套組了，他敢將人生幸福再度交託給意志，他知道他的未來不是夢。

這種立志特別好看，眼角泛著欽佩嘴裡嘆著氣看，因為我再也做不到。我的未來都是夢，不相信拿得到想要的，也不確定想要的是值得的，最怕是年初莽撞立下的大志，未到年中已經確成烏有，對自己不知該憐憫該埋怨，橫豎看起來都像豬八戒。豬八戒在人生中段學到的教訓之一，是許諾不如許願。志不成，人得自我檢討耕耘不足；願不遂，卻能感念上蒼許其可許。這可不是在個人心理衛生策略上獲得長足的突破嗎？

所以四年前最初聽說「新月許願」的時候，我眼睛一亮，每二十八天可以向宇宙許下十個願望這種便宜好事，再怎麼樣也該本著全聯集點或去星巴克排買一送一的積極心態，走過路過不可白白錯過。那一次，我找來紙頭，想要趕在有效時限內完成許願，卻發現不容易。

人可以每一天每一刻慨嘆人生不如意，但真要具體說出怎麼才叫稱心，卻是千頭萬緒。臨到這個能夠索求宇宙裡任何一樁一件的當口，說不出自己最想要的十樣東西是什麼，活著到底想幹什麼，我才看清原來一貫的怨天尤人有多麼窮哭夭。第一次新月許願我沒能列足十項，剛被掀開籠蓋的家禽不知道有什麼地方好去。原來許願不是一件輕易上手的事。

比如說，想要錢。要多少錢才夠？不知道。有錢要買什麼？不確定。到後來越想越煩，我要錢不就是為了不操這種心嗎？經過幾次新月逐漸確認，我對於錢的最大願望，其實是可以不必想到錢。這就是我想要的物質豐足程度，我數學不好算不出這該值多少錢，反正一切交給萬能的天神去喬定。其它領域也以同樣的原則劃出天神可以發揮的空間以後，大概就確立人生當下最想要的十件事了。確立到，無論占星專家如何提醒該次新月的最適祈求在於哪些面向，我都只想再度呼籲宇宙成全，或更進一步成全，我的黃金十願。

專家們說最好拿筆把願望寫在紙上，二〇一六年起我開始把新月許願集中在同一個本子。有些實現了的願望已經不再記起，有些久許不遂的斷然在某次新月放棄，有些仍然隨著體內的糾結時列時刪，有些無論如何情願相信終究可以。許願成為例行大事，每次新月必定綜合各家建議篩選最大公約吉利時段，設定鬧鐘按時許願，就算到時候本子不在身邊，也會寫在便條上回家仔細貼進去。

翻閱四年來的心願編月史，實在沒有道理不相信宇宙對我有所回應。眼見這期間每一個曾經太難的前進與擺盪，竟然都過關斬將到足以遺忘，對於那些目前尚且患得患失，不知何時得以觸及實地的念想，我更願意就這麼繼續逐月逐年坦然許下去。

原本想下個結論，人不立志也可以過得頗有長進，又怕過於武斷。還是只說許願吧，許願顯然是很好的，無論在多麼絕望的時間地點，如果還能認真盼望，就像是隱約握著一個門把，在某個忽然回神的時刻，會發現自己不知何時開了門走進當時憧憬的平行宇宙裡了。

儘管此刻也只道是尋常。

彌斗諾威海底城

寂寞先分有無，再分漸次。

人在不認識寂寞以前，寂寞並不存在。像唇皰疹，你們長過嗎？我沒長過唇皰疹以前，生命裡的一切與之毫不相干，莫名發作過一次以後，從此就是個會發唇皰疹的人，工作太重、心思太繁、睡眠太少、應酬太多，唇皰疹就來。各方各面的生活從此布上一條條細隱如絲，沒人知道埋在哪裡的界線，有些以前可以揮霍的氣力，現在不可以了，萬一自恃過頭踩上線，爆出來的就是唇邊一顆瘡，三時五日不能好，旁人看了只能問你怎麼啦，一定是太累了，好好休息別操煩太多，祝君早日康復，咱們改天一起吃飯（誰跟你吃飯）。

皰疹前面幾次發作的時候，人會以為有得救，吃藥擦藥喝苦茶什麼的就有救，就好像剛剛開始懂得寂寞的時候，以為找對情人就有救，找對朋友就有救，看對書就有救，找對上師就有救，或生個小孩就什麼都好了，good for you by the way。折騰幾次下來才知道，這種東西發作起來主要是捱，盡量睡飽吃好捱過去就是，跟它比氣長。捱過去也不能說就康復了，只要發作過一次，往後就是好發族群，這輩子就是個會寂寞的人。

必須用上捱這個字的時候，四周人多未必是好事，來一個成天想要幫你擠膿上藥的挺要命。能遇見可以走在一起各捱各的人，反而是命運好大的恩惠，那些說能救誰保護誰，免誰於滄茫人生幽寥寂寞的人，早晚要明白，或被明白，他吹出一隻多大的牛來。

寂寞的漸次，在於救贖的移轉。本來想要被救，後來發現只能自救，人到這分上會明白詩人幹嘛老說寂寞是海，死活游不到盡頭的地方說它是海算客氣了，無論自己游還是讓救生員挾著游，結果都一樣泡在海裡出不去。而浸水這回事呢，人在水裡永遠只能單獨一個，無論摟著誰，巴著多少人，肌膚之間再密的縫隙都會滲進海水，到頭來，人與人之間必然隔著水。喔，是隔著海。喔，是隔著寂寞。

原來，他救自救都沒救。這種認知轉換在主觀感受上，有點像本來門牙痛後來變成臼齒痛，很難說哪一種比較不悲哀。人類最枉遭輕賤的能力大概就是放棄吧，我從前以為放棄是輸家才做的事，哪裡知道有些事情放棄了反而是晉級，好比，在寂寞裡掙扎這回事，束手其實不會死。那東西就是這樣了，如果本來堵在鼻孔，它就繼續堵在鼻孔，如果本來在插在胸口，它就繼續插在胸口，不會因為人停止掙扎而往前進一寸，向後退一分。我以為自己束手之後很快會沒命，結果水只是如常從七孔灌進五臟，又從五臟溢出七孔，沿路灼燒。多年下來我仍泡在彌斗諾威（Middle of Nowhere）海域裡活生生，血壓腰圍膽固醇都沒多大起伏，唯一不同的只是習慣之後很少再嗆再咳了。

浸在海裡看著旁人各種花式泅逃，我偶爾懷疑自己根本是水生的，或水陸兩棲偏水生之類。當然我挺想假設，其實人類都是生來浸得住寂寞的，但求證不易，誰能顧得上誰什麼時候寂寞到哪個地步？最多就是，哪天忽然看出某株珊瑚底下原來坐了個人，自己在心裡暗呼一聲罷了。

寂寞是一個人的事。

天神的威風

早前去看車，上路試駕。旁邊的年輕業務很機靈，抓住每個恰當的時機介紹大小功能，畢恭畢敬。順暢繞完大圈市郊，回到展示間前遇上最後一個紅燈，兩人盯著秒數倒數，他忽然語帶感情：「姊姊，我很少遇到車開得這麼好的女生。」

明知是讚美，我卻心冷：「就勞碌命。」連小戰一下女性開車名聲都沒興致。

開車累。短程小累，長途大累。屈身在駕駛座上盯住前路，隨時控制車輛，勞神又勞力。遇上不要命的用路人還要勞心，有的擔心他會撞死，有的害怕被他撞死，有的必須咒詛他快到別處去死，最後還要懊惱何苦白白為個路人火燒功德林。忍辱善人做不了，怨毒惡人不敢當，懷疑自己這種兩頭不到岸的人生態度，到底在攪和什麼？能攪和出什麼？身心俱疲。

但是方便。四個輪子總是比兩條腿能跑，越能跑，越方便移動。

國道上每一截車道分隔線，尾端都嵌著一塊反光板。我常在過午時分，經過南下雲嘉路段，冬日下午一點前後，非常難得的偶爾，反光板的斜面角度正好能把太陽光線折射進我的眼睛，像是有誰事先算準我的時速、我的經緯座向、我的車高、我的身長，等著我攀上一個獨行的坡段，讓觸目所及的三個車道四行隔線每一片反光板，同時在我的視網膜上以金光綻放出絕麗繁花，場面莊嚴奧祕如法華，知其美卻不知其所以美。我在那個瞬間感到充滿，皮囊之下湧灌無法理解卻能領受的極喜。

我在開心什麼？是因為像鑽石？腦袋裡的小人一個轂轆坐回主控台，想為莫名的欣喜找到解釋。可是我喜歡鑽石，從來只是為了那些提煉出來的光線，我真正欣求的一直都是光。窮盡我八百輩子買得起的鑽石也不足以排列出來的金光矩陣，其實就一直這樣平平實實鋪在雲林的嗎？怎麼來回這麼多趟，今天才遇見？這就是傳說中的天時地利嗎？原來開車走在沉悶的國道上，會駛進神蹟的嗎？

我隨即發現自己軟了，在穿越那片光亮以後，前後左右的龜速路隊長和超車流氓，都成途中微塵，再無相關。一陣輕快寫意，忽然不再需要追究什麼，也不太記得之前具體生氣些什麼。我頓時明白移動的自由為什麼是一種人權，要不然人要怎麼莫明在對的時間，來到對的地方，被天神的萬能金光烤成一塊鬆暖香潤的戚風蛋糕呢？

後來我不再那麼抱怨開車疲勞了，既然是自由。

這也是我不參選總統的原因。（非常誤）

我長大了會自己吃飯飯了

忘記在哪裡看到過，有人說再聽到一次「愛自己」就要吐，我的心臟為此緊縮好大一下，畢竟工作上的言論很大程度建立在這三個字的展開，哪天被打怎麼辦？情緒中心空白而逃避面對衝突的我，隨即拿出體內奇異筆，在腦殼內壁增補一條發言守則：不要說「愛自己」。

執行上不算難，儘量繞著講而已，以分析師為業本來為的就是能把整件事化整為零，從細部慢慢說回核心，但是總有些偶爾的偶爾，一切人物情境配置正好需要再把蓬鬆的敘述壓縮回原來那句話，字字分明地嵌進某些心裡去定錨。我漸漸發現，生命相關的事實很難完全迴避得了，人常常自以為可以，一個轉身撞上去才知道不可能。

生命需要愛，是一個事實。就好像，活著需要進食。人可以因為各種原因不肯吃飯，但是身體渴望營養是一個事實。多數情況下，自己張羅自己的需要是最有效率的作法，人甘願為了飲食上的渴望勤勞奔走，對愛的渴望卻等著有人外送，也不知哪來的少爺脾氣小姐情懷（外送員氣音表示：對啊送來了還要給我負評好難服侍）。我在遇上不得不陳述現實景況時，沒辦法不提到「愛自己」，即使唯恐聽者早就被這三個字的衍生詮釋餵太飽，張嘴噴射消化不了的嘔吐物。只是俗辣還是怕被打，為此我思考過該怎麼換句話說，也許換句話說可以讓表達效果更婉轉，更體貼。但這事別說思考，根本不出幾次眨眼的時間我就完全放棄幫「愛」找替代動詞，幫「自己」找替代名詞。沒辦法。

「愛自己」令人厭煩的原因之一，大概是因為很難吧。就我來說，「愛自己」其實頗具壓力，因為我不容易肯定自己，不肯定就很難喜歡。有些人的設計天生擅長花式挑剔，而且主要挑剔標的往往不是旁人，人的內心勾當再怎麼瞞天瞞地也瞞不了自己。例如：自然捲的弧度不如燙出來的自然（這句話寫出來原來這麼荒謬）、表達不夠機敏、表達太過尖銳、生活不夠積極、生活不夠淡泊、舊衣服太邋遢、買衣服不環保。眼看一身闕漏罄竹難書，哪裡好意思放膽成全這樣的自己去健康快樂，我執行得最上手的不是愛自己，而是惕勵自己。大家都知道，越是違背人道精神的自我惕勵，獲得的掌聲越大，之悅耳呢。

然而一世人流流長，總會撞上幾次比掌聲更為快慰的生命真相。有一次，不，其實很多次，我又挑剔起自己的身型外貌，卻激怒旁邊的人。他叫住我，一臉兇惡，肩背冒火，要我看著他的眼睛，聽他說：「你很美。你不胖。」我依教盯住他，上上下下地看。心裡想，這個審美標準有問題，再不然就是社會現實判斷力不足的人，真的在生氣，顯然很不喜歡此刻的我，不喜歡卻願意耐著性子為我的當前樣貌做辯護，唉這個人愛我。比我愛我。

人領受到愛的時候未必說得明白，但身體不會錯過任何一次「感到健康而且正確」。我知道他是對的，不是因為我在通俗標準裡比誰美比誰瘦，而是，以正義接納自己的存在，才是活得舒坦的究竟辦法。不是喜歡，而是接納。我求瘦求美求上進為的是在均質化社會裡過上安心日子，但安心追到後來，始終要面對自己這一課。

目睹旁人怎麼愛我，我學習怎麼愛自己。「愛自己」其實比「喜歡自己」可行，喜歡是一翻兩瞪眼的事，但是愛永遠有努力的空間。拿我的貓做例子，我不喜歡他玩水，再踩濕沙發地板和桌上的筆電文件，尤其討厭他整碗打翻泡濕木頭地板，但這個惹事生非兩手臭毛巾味的固執傢伙是我的貓，一把老骨頭也不知還有多久能活，我對他的接受度隨者年齡越來越高，盡可能想像他玩水是一種生存必須的天然機制，而且去買了一個重達三百斤（誇飾）的韓式石鍋裝水碗防止傾倒，隨時趴地擦水印，儘管過程中必然嘆息碎念翻白眼，但我沒有綁住他的手限制他靠近水，也沒有在極度惱怒的時候掐死他。我盡一切當下智慧與餘裕所及，成全他維持那副惹我生氣的德性。那是我對貓的愛。

愛自己也就是，儘可能記得這個性格彆扭處處瑕疵的自己，是我的生命，嘆息碎念翻白眼免不了，但別那麼全面且堅定地扼掐自己，儘量運用當下的智慧、餘裕、甚至慈悲，接納這幅德性，成全自己用最接近真實和健康的模樣活著。儘量。

因為很難，每次能做到一點「儘量」，都有一種「我長大了會自己吃飯了」的驕傲。感覺很好。

輯二 食膳日常

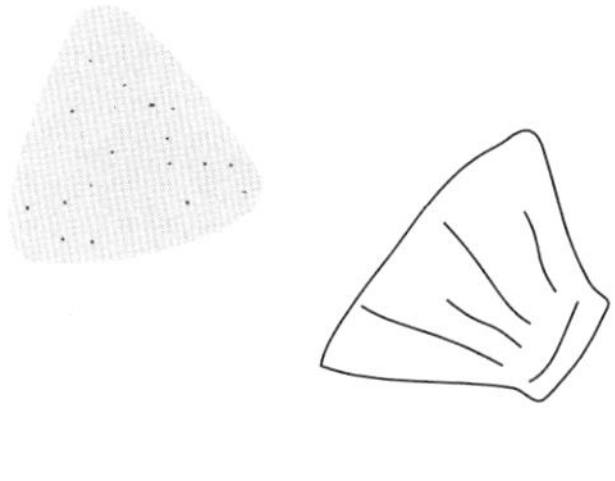

我非常喜歡這樣吃一碗飯

為了尋求客觀認證，詢問朋友A我有什麼地方講究到近乎怪癖。A答沒有，說比起她我原則上是個正常人。我可能問錯人了，她可是那種浴室洗手台瓶罐一致標籤向外等距五公分排列的人類，在還沒養狗以前，甚至會在聊天的同時手持吸塵器搜索地面的頭髮，和她比起來我相當隨和。

但她隨即指出我的隨和也有特別之處：可以一直吃同樣的東西。認識十幾年來我們如果一起吃過一百次飯，大概有八十次是鼎泰豐，這是我和她的可食範疇之間最大的集合，蛋炒飯尤其必點。想到蛋炒飯，終於理出頭緒，因為無奈遭遇過太多失格料理，鼎泰豐的一成不變於是成為上天的慈佑。鼎泰豐的炒飯貴在直白：蛋和蔥和油炒的飯。蛋不腥，蔥都青，油香裹上飯粒之後米香還在，才有本錢直白。鑊氣不是多就好，身為白米愛好者我感謝所有善待米飯的餐廳，沒力氣自己張羅的時候，能在這些地方找到安慰。

偶爾吃到講究的白飯，那是非常快樂。從前會羨豔日本米的滋味，近幾年卻覺得不必，全心愛上各種台灣米，在網路上四處探查各地方小農種植的品種，以近似挑選香氛蠟燭的心情，喜孜孜買進未來數月要吃的米款，讀到「桃園3號」、「高雄147」、「七葉蘭香米」、「台中秈10號」比讀到「冬日森林」或「清晨的玫瑰」更感到魅惑。去年為了善待後天王星對衝的自己，終於收起學生時期購入的迷你大同，買下價格震撼肝膽的厚斧電子鍋，把煮飯當成重點節目來辦。

所謂煮飯真的只是煮一鍋飯，從辨析蒸氳的香氣裡哪裡有芋頭開始，等待電鍋從淅瀝呼嚕靜下來，靜過整個世紀那麼久，終於在液晶面板上開始倒數掀蓋時分。然後，「嗶——」，等到了。

拿飯匙沿鍋壁切進飯塊翻鬆的那一下，眼當一盆雪白無瑕，手感軟糯，耳朵聽見飯粒們在濕濡的宇宙裡多方面沾黏同時多方面分離，幾乎太燙的水氣簇擁米香迎面蒸撲，深吸一口，讓上呼吸道在瞬間改道，通向心底，聞出至福的味道，只煮一鍋飯才能發生的至福。要是同時分心滾著湯，顧著收汁上色，那一下只是龍套的到位。能安靜煮一鍋飯的時刻，人也暫時不再只是這個世界的龍套。

盛飯的瓷碗最好燒得很薄，薄而平淺，有利散熱。米飯剛起鍋那一下還不是最好，稍微在碗裡晾過幾分鐘以後，溫度才好入口，濕氣也收掉一點，晶瑩分明，不沾碗筷。

飯煮得好，尖頭木筷最知道，兩筷尖淺淺伸進飯裡，幾乎不使力就能抬起微開雙唇正好入嘴的一口，太黏太乾太散夾起來都費勁，尖頭筷不好夾的飯，Q度肯定不對勁。偏好尖頭木筷還有一點，唇舌的碰觸面積小，就算碰到，木頭質地的異體感最輕微，口腔全體正在享受食物的口感和香氣那當下，忽然介入樹脂的碰觸太干擾，更別提不鏽鋼，辜負白米，辜負農夫，辜負太陽和地球，辜負自他曾經多少忙活才有這一刻想吃卻不餓得只顧狼吞的閒定。

雖說平淺好散熱，但品嚐米飯不能用盤，碗才稱手。飯一口口吃進嘴裡，端碗的手逐漸輕快，為了方便夾取碗底的最後幾口，持筷與持碗的兩手彼此隨時傾斜相就，三百六〇度圜轉無礙，薄碗細筷這時候特別顯出細緻的好處，飯食間要是聊起不好接的話題，筷尖在米粒上無聲揀著撥著，還能不開口就說盡一肚子為難，拿的要是厚碗粗筷，誰不逼這硬鐵漢子隨時喊出吞進個明快果斷呢。婉轉一點吃飯喝水說話，肚腸好消化。

配菜不能奪主，荷包蛋淋醬油恰如其分。我的冰箱常備雞蛋，為了吃得心理衛生多付出一點成本選擇友善飼養的快樂蛋，不必操心品質。醬油卻有點麻煩，為了吃得身體衛生也多付出一點成本選擇天然釀造的醬油，天然釀造的醬油開封後無法室溫存放，必須分裝到細嘴醬油罐以後一起冷藏。不分裝不行，這是流體動力學的問題，醬油從醬油罐的細嘴滴流出來的可控狀態才叫淋，否則容易從玻璃瓶口一下洶湧而出，形成淹浸。

其實天然醬油不算太鹹，荷包蛋遭受醬油淹浸在味覺上不是悲劇，但溫度是。醬油是冰的，好生煎出了焦邊的蛋浸在冰醬油裡，太折墮，醬油是來成全煎蛋成全白飯成全人心裡有份幸福的，怎麼好在最後一著淹毀整座長城。只好在煎蛋的時候多放半匙油，蛋起鍋後再把餘油澆上，淋滴醬油，冷熱中和以後還能保住高於人體的溫度，不讓心涼。

我非常喜歡這樣吃飯。用科技電鍋煮優質台灣米，以耐高溫的好油煎快樂蛋淋純釀造醬油，稱手的淺碗傳來適口的溫度，拿細筷使勁扯開焦脆的蛋邊，夾一塊到飯上，叉起下方的白飯做成完美的一口，一口接著一口，讓配速成為最後到位的細節，串連出一碗精準的白飯。純粹，和諧，益生。

但我沒有一直這樣吃飯。世界難得精準，而我不想離開這個世界。米飯扮演龍套的時刻，也是幸福，一張桌子能聚上幾個樂意共餐的人，是更為龐雜的精準運作，是難以一己之力達成的和諧，是可遇不可求的益生，白飯可以稍等。要是容不下眼耳鼻舌身意的瓦全，哪裡攢得出餘裕自誇那條寧為玉碎的魂魄，所謂講究，從但凡有一點餘裕開始，有得遇見餘裕相當的人，在餐桌上各自瓦全一點，共賞美玉，那別說八十次，就算終生只許鼎泰豐我也暢快入座。席間如果聊起白米，竟然與人聊得起，多麼驚喜。我會開心，兩倍的開心。

煮菜加糖有事嗎

還是學生的時候，有次請德國朋友到住處吃飯。他見我炒米粉，立刻抓起紙筆說要學。我邊煮邊口白：煸香菇、加肉絲、加洋蔥、加菜、加水、加鹽、加胡椒粉、加糖……「糖？？？」在我把砂糖灑進鍋裡的同時，那個巴伐利亞的體魄瞬間在我背後賁張起來：「你剛剛放糖進去？米粉不是鹹的嗎？放糖?!」

那是我第一次注意到煮菜加糖有事，但有事的不是我。台南人嘛，食物帶點甜味是天經地義，即使不說外面的小吃，家裡平日餐桌上也有各式加糖的菜色，不少耐煮的食材都能拿來「煮豆油糖」，魚圈煎香了再用醬油與糖略加紅燒，收汁以後多麼下飯；蔭豉風味的菜色也可以帶點甜，夏日中午最適合吃放涼的地瓜稀飯配蔭豉醃嫩薑。我上台北念書才初嚐魷魚羹滋味，多了沙茶和九層塔香氣，但是不甜，喝到一碗不甜的羹湯，頓時感到距離台南非常遙遠。

有事的是不加糖的人吧？你們這些只會麵包配香腸的德國人不懂才會大驚小怪啦，「這是為了增加滋味的深度」我以台南天朝教化外邦的威儀，編派出這個解釋。大概是德國的民族烹飪信心向來不高，他居然買帳，巴伐利亞體魄隨即消風，回歸成德意志好學生形貌，在筆記寫下「加糖一茶匙」，後面括號「使味道深奧」。我滿以為促進文化輸出，非常得意，那時真是不懂自大與無知只有一步之遙。

現在我充分明白，地球上煮菜不加糖的人口遠遠多於加糖的人口，卻也不因此覺得自己有事。網路上有人試圖考據台南食物為何偏甜，據說可能來自物資短缺時期的炫富風氣，但我出生的時候，鹽和糖已經是最平價的調味料，從小跟著大人吃刺瓜仔切片沾糖、在白飯澆上鹹甜鹹甜的紅蔥肉燥，只是習慣而已。我就這樣習慣了家鄉是各種偏甜口味的記憶集合，其他台南人吃不吃甜不是重點，重點是我台南家裡吃的菜有點甜，就這樣。想通了這一點，也就不奇怪別人看我加糖很奇怪，每個家鄉廚房加的東西不一樣嘛，說不定普丁他媽炒米粉的時候，灑的是伏特加。

因為想起那個德國人，我才發覺自己近來炒米粉都沒加糖，而且完全想不起上一次加糖是什麼時候，只記得每次都吃得心滿意足，不覺少了甜味是種缺漏。果然，一道菜離開故鄉久了，氣味裡自然要摻進他鄉。這道理用來說人有點感傷，拿來說菜倒是合情合理，沒什麼痛癢。

鳳梨酥這個人

如果鳳梨酥是個人，可能會有自我認同的議題，可能會人到中年忽忽惘然，心理諮商談來談去最好的結果不過是得個認命，勉力按耐不平之氣，接受餘生如是的現實。

雖然名叫鳳梨酥，打一出生卻是冬瓜的內在，鳳梨或有或無，只是提味，為求省事乾脆添加人工香料的也有，奶香餅皮底下包著淡黃色的黏牙甜餡，就是這塊餅最初到來的模樣，世人這樣吃，這樣喜愛，這樣認定鳳梨酥的存在。直到有一天，不知哪裡冒出來一批土鳳梨酥，唧唧呱呱吵著叫大家看他手上的親緣鑑定報告書，說他才是血液裡流著純鳳梨的太子，包冬瓜的都是狸貓，從此，江山易主榮華不復。

短短幾年內，台灣的餅舖們紛紛為自家鳳梨酥換血，就算還留著冬瓜，也必得摻上一把味帶酸氣的鳳梨肉屑以茲證名，證明自己配得上原本的名字。就好像，本來那個受人喜愛的鳳梨酥，忽然成了騙子，網路上至今還搜得到當年的新聞標題「鳳梨酥是冬瓜做的！民眾噴飯」，並且掛上「獨家」二字，說得事情好像有人以劣油混充豬油來賣那麼嚴重，但法院前不久才表示無法證實次油未必是劣油，無從咎責呢，只不過以冬瓜為餡的鳳梨酥，真不知命帶多少行星逆行，走的什麼流年運，衰到這近乎滅族的地步。

名叫做鳳梨酥一定要包鳳梨嗎？釋迦掰開來可沒有摩尼佛。人不怕外來詆毀，怕的是自我懷疑。就算放棄冬瓜的內餡，他也保不住從前鳳梨酥的名了，當事人如果不捍衛自己的信念和精神，旁人能怎麼認真看待他？連他本人都配合演出「包鳳梨的才是鳳梨酥」劇碼，旁人自然逐漸淡忘本來的鳳梨酥是什麼面目。請別誤以為這是什麼存在主義的小確悲，拜託，狸貓和太子都出來了，這是場你死我活的宮鬥，皇后殺了皇后，鳳梨酥殺了鳳梨酥！

吃了一輩子冬瓜餡，我沒有辦法中年轉投新鳳梨酥黨。傳統糕點吃的不就是情懷，難不成還吃字義嗎？真要以字義為正義的話，連皮帶葉直接把鳳梨烤酥才叫一百分呢。其實身為舊人，我也不是不能接受鳳梨內餡的崛起，人各有志餅各有料很合理，但這樣打到冬瓜餡不敢大聲講話就傷感情，我在這整個中秋節促銷檔期裡，南北往復間的徒步可達範圍內，竟然遇不上半家以冬瓜餡為榮的餅舖，即使用了冬瓜，也得註明內含鳳梨，甚至標示品種，普及率低落到這種程度，令我驚覺傳統冬瓜餡鳳梨酥的滅絕可能性，深感惆悵。

我是不知道發出這種支持傳統糕餅口味的言論，會不會整個人會看起來像有八十歲，但如果事態真的淪落到，只有去賣場貨架上找工廠大量生產的平價鳳梨酥，才避得開那些酸口又卡牙的鳳梨果渣的話，不管他本人是否懷憂喪志，我都希望他能夠明白，這一刻，有人真心為他感到稀微，這一生，有人愛過他。以及，如果可以的話，請振作一下。最好是可以。

三溫糖是這世上美好的存在

早上走進廚房準備貓飯的時候，看到流理台上那包網購回來的三溫糖。我一直沒收，本來想先補滿調味架上的糖罐再收，但是幾餐下來沒用到糖，就沒記得要補，沒補不想收，一包糖於是擺到現在。

補就補。三溫糖比砂糖細，像浸過水氣的沙，從袋口流進玻璃罐裡緩緩堆高的時候隱約傳來糖香，此情此景相當順毛，順毛的意思是人身上那些向來摸不順的毛，在盯著這糖沙傾瀉的幾秒間倒是軟貼貼的。

我放回糖罐收好糖包，再回到流理台前的時候，看到台上散著糖沙，剛剛灑出來的，很少很少，手指頭掃攏來差不多一顆紅豆的大小。順勢拈進嘴裡，糖一下就化了，三溫糖可取在香甜，但我貪圖的是它細軟易溶的質地，冷鍋冷湯的時候好做事。果然，一入口香氣和甜度都在第一時間完全釋放，我的瞳孔可能像貓察覺飛鳥臨窗那樣，忽然放大又緊縮了一下。

三溫糖真是這世上美好的存在啊，我心裡這樣感嘆，感嘆完以為接著會有什麼頓悟的靈光閃過，卻又沒有。

不就是糖嘛，站在廚房裡試圖詠歎一搓糖幾乎是農場文等級的矯情。我抹淨台面，烘麵包煮咖啡開始一天的日常。日常裡的平淡才值得詠歎吧，但凡輕賤日常平淡的人，很快要在顛簸裡重溫這個教訓。這話講得像宣教，那種不信唯一真神最終要焚於地獄焰火的語氣，因為每次都是挨了巴掌才出現這句話，我已經不記得究竟這是仙人的訓示，還是我摀著臉上的火燙咬牙杜撰的降書。信仰無一不動人，但要弄懂信的是什麼，終究得先回頭明白自己。

吃過早餐開車出門，無意間聽見宋冬野。真是好聽啊，宋冬野的好聽有兩層，每次聽見總是因為胖子太可愛，手無寸鐵就走進他的世界，猛然抬頭才發現胖子厚實的胸腔振盪出來的北方遼闊裡，全是困頓。我次次教訓自己往後別再對這人的歌失了戒心，卻沒一次夠警醒。勉強足以順氣的是，北方的困頓聽起來和南島小國的困頓同樣吃人，算是生命一貫的公平。

人特別覺得宋冬野好聽的日子，不能不老老實實對三溫糖懷抱敬意。三溫糖是製糖程序裡的副產品，人拿甘蔗主要煉的是砂糖，取走砂糖以後的剩餘的那些糖液，再度加熱取得結晶，最後成為三溫糖。三是再三的意思，據說那段高溫取得結晶的程序，得反覆操作三次，人常覺得自己折騰過一次就要沒命，取不取得出什麼還不知道，實在沒有小覷三溫糖的立場。剩餘的糖液熬煮過三次以後，能夠結晶成緩解片刻冷肅的香甜，人熬煮過三次以後要是小命還在，多半只想往杯裡加三倍的糖。

也許加歎一句，三溫糖真是這世上美好的存在。就這樣，句點。

斯文的起司

前不久我與室友陳小姐到美式賣場買起司。寒舍早餐有三寶，起司、酸瓜、夾麵包，起司吃完了就到賣場補貨，買的向來是固定幾款預先切成薄片的包裝，方便身心靈繁忙的都會人士開封即食不必動刀，是習慣性的採買。但那一天，可能因為太陽黑子爆炸正好抵達我的前額葉還怎麼，我在冷藏櫃前忽然瞥見一款陌生牌子，也是切片的方便包，頓時心生喜悅，抓在手上問陳小姐說：「要不要試試新口味？」

她欣然同意。所謂共業。

把新買的起司夾進麵包裡，咬下第一口的瞬間，我心底響起一首歌：

「是誰住在深海的牛胃袋裡？」。新起司的滋味相當驚人，我的理智第一時間試圖為這個氣味找出可能的原因。起司製成需要牛胃裡的凝乳酵素，會不會這一款加的根本是牛胃酸？這味道實在太……洋派，我的亞洲味蕾沒辦法。我抬頭看向陳小姐，她兩隻眼睛已經舉在那裡等我，面色凝重。她也發現出事了。

我們在對眼的瞬間，交換了認命與承擔的共識，起司一包二百九，丟掉會讓雷公不高興。我以醫治死馬的心情，把麵包裡吃剩的一小片起司放進烤箱，意外發現端出來的竟是活馬。兩人以囓齒類進食的姿態再三確認，雖然烤過不算很好吃但是可以吃以後，終於輕鬆起來，恢復家常對話的興致。

「沒想到它看起來白淨無害，味道竟然是這樣。」

「所以說長得斯文的未必是好東西。」

「唉真是看不出來。」人能風風涼涼壓著法令紋說些損人利己的閒話，心頭那個寫意真是延年益壽。

第二天早上我以貴婦賣冰箱的流暢將起司放進烤箱，接著發現一個科學問題：用十分鐘把一小片起司嗶滋嗶滋烤成脆片，以及，用十分鐘把兩大片起司嗶滋嗶滋烤成脆片，有什麼不同？答案是量的不同，而在一般民宅中，我們首先觀察到的量，則是動物性油脂經高溫汽化而成的油煙體積大小不同。陳小姐走進廚房前，我已經感受到她能量場裡的驚愕，我還沒來得及轉身面對她，就聽見啵一聲，起司的熱油濺上烤箱的發熱管，閃出一簇火花，隨後冒出一團白煙。

里長你不能死。小烤箱名叫里長，因為是住戶摸彩活動抽中的里長捐贈獎項。里長這些年來不知經手過多少食物，便利可靠好央尬，我們對它是真情有真愛。我搶上去關掉電源，開窗透氣，悶臉拿出起司夾麵包，陳小姐靜默見證，也沒話好說。我們又回到憂悶對坐吃早餐的原點，重新審視臭起司的處置對策。

「……我等下還要擦里長，希望沒燒壞。」嘆氣。

「我剛才被那個油煙嚇到，怎麼那麼臭。」嘆氣。

「我看算了，唉，兩百九十塊。」

「咦兩百九十而已嗎？我以為三百多！」

「而且它留在烤箱裡面的油味還是很恐怖！」是誰住在深海的牛胃袋裡。

不過是四 五十元的差額，陳小姐如釋重負的程度彷彿這三字頭降到二字頭的數字是房價，但我沒打算追究她的門檻架立在什麼價值基礎，一想到可能每天都要擦里長，我已徹底擺脫對雷公的畏懼，決定採取怦然心動的冰箱整理魔法，這會能夠獲得陳小姐事先的贊同，自然再好不過。

人一旦能夠放過自己，全世界都會聯合起來支持你，我把依然斯文白淨的起司丟進廚餘桶，蓋回巨型塑膠蓋的那個聲響，像極了在讚我「correct」。毅然違抗食物道德制約，做出尊重自我喜好的決定，令我感到正確與驕傲，覺得在做自己這條路上果然有了進展。

一直到，前幾天，我忽然想起，那個賣場之所以年費那麼貴，就是因為，它有，全額，退款，保證。

唉，全額又怎樣，木已成舟酪已成噴，我已做了自己。我唯一剩下的，只有把這個事實告訴陳小姐。做自己如果可以免費，誰想要花兩百九？但是既然花了，同樣的兩百九做兩個自己，終歸是比只做一個划算。

切勿輕易相信看起來斯文無害很合理的東西。

生命中的粉漿蛋餅

非常偶爾，我會忽然想念起粉漿蛋餅。我的粉漿蛋餅啟蒙在高雄，租屋處往學校的路上，有個騎樓早餐攤，滿滿一鐵桶的粉漿就放在地上，老闆娘拿大杓子舀漿水上鍋面的時候，像在賣弄懸浮液體的表面張力與離心力協同作用，但是那條拋物線路徑只是序幕，重點在於粉漿落入熱鍋熱油的那聲「唰」，買粉漿蛋餅的樂趣就在這裡，「唰」完以後「嗶吱嗶吱」，漿水外圈流散成不規則的圓形，麵糊外緣被熱油炸出怪形怪狀的觸手，那是起鍋後整個蛋餅最致癌最香脆的地方，是蛋糕上的草莓，是皇冠中央那顆鑽石，要寫情書給我的人可以考慮「你是我生命中的粉漿蛋餅脆邊」這個句子，我會感到深受珍視。

我曾經想過要回高雄再吃他一回，但卻無論如何記不起當年租屋處，無法推算當時都是走在哪條路上，才得以遇見那攤早餐。讀書時期的租屋不以學年也以學期計算，我竟然能忘了住過半年一年的地方，卻還記得那張蛋餅，也不知是當時住宿生活太不上心，還是蛋餅真的帶給我太大的安慰。

是有多好吃？餅身軟呼帶著焦邊，半煎半炸的蛋汁有嫩有酥，淋上店家自己熬的醬油膏，一口糊，一口脆，咬到蛋裡的蔥花時，是新鮮的脆甜。是啦，說到底也不過是張蛋餅，又不是吃了能飛，有一家能做，就一定有另一家會做。幾年來我抱著這樣的希望，南南北北試過幾家據說相當厲害的粉漿蛋餅，卻一直沒有找到真正滿意的。

總是有點瑕疵，網路盛傳的那家麵糊太厚、蛋麵比例剛好的那家沙拉油黏黏的有點可疑、最靠近我的那家油煙厚重得誇張，要下定即使肺癌也要吃餅的決心才能抬腳走進去。從來沒有任何一家早餐店能夠複製出我記憶中的原型。最近一次又想起粉漿蛋餅的時候，忽然覺得不太合理，再說幾百次也到底不過是張蛋餅啊，怎麼可能全世界只有那一家好吃？會不會是我腦中的原型出了什麼問題？

我掐指推算，問題大概出在連結。蛋餅總是連結著我每一天生產力的開端，從前連結上學，後來連結上班，而粉漿蛋餅登場的時候，是我成年的開始，學校裡有聰慧的老師，有知心的同學，有戀慕的對象，而我剛剛長成一個女人，對模糊的未來懷抱著確切的希望。每天吃完那張蛋餅，我就開始這樣的一天，這個原型的設定相對無菌無臭，後來再吃的蛋餅，連結的就是婆婆了，有遲到一分鐘扣五十的打卡，還有鍵完整頁資料卻當機的微軟視窗。

差堪可忍，幾乎不能忍但是忍了不會死的世界。

所以我再吃不到無窮美好的粉漿蛋餅，要怪的可能是自己，是我把這個傳送門的出口從救國團康樂營移到美國海豹部隊去了。「生命中的粉漿蛋餅」什麼的還是別當成情話對我說吧，聽起來相當過去式，感桑。

小蘋果與市內人

偶爾會聽到嘲笑「台北俗」的農村軼聞。據說，發育過小賣相欠佳的蘋果，集中以後就會送往台北，因為只有台北人特別願意以恢宏大方的價格，賞識這些「櫻桃蘋果」的嬌小別緻，「其實哪有這款品種啦，攏嘛騙台北仔的！」鄉親帶著笑意告訴我這件事。

有一次，我忽然饞起糯米玉米來，在台北幾個慣去的市場來來去去探了幾個禮拜，怎麼也找不到。回台南抱怨這事的時候，堂上雙親態度風涼，說是生吃都不夠哪裡有得曬干，「誰教你要住台北（呵呵）」，呵呵兩字沒發音，他們以細微的顏面肌肉抬升來表示。

在都會人追逐餐廳名單上與腰腹間的米其林的同時，鄉下人也沒有少過自詡「知影倘呷」、「會曉呷」。農村對於蔬果的品評非常嚴苛，甜度只是基本條件，甜酸的比例、香氣的特性、口感的粗細、汁水的控制、皮相的美醜、用藥的有無，都是農民明裡討論暗裡計較的項目。路上隨便找個人，可能都說得出在後院種植芭樂的心得，甚至獨門祕技。這是農村版本的往來無白丁，大家都懂一點，都吃得出好壞，都熟悉蔬果的性價比，餘暇時嘲笑市內人不懂箇中巧妙，是鄉下人在城鄉差距的挫敗感裡，少數感到扳回一城的時候。

然而，市內人未必覺得輸，有些人不差那一城。並不是都會不喜歡糯米玉米，而是都會裡有太多其他精巧的東西可以吃、事情可以忙、物件可以玩。肚腹已滿，玉米隨緣，蘋果小顆反而好。人富足夠久以後，精神裡的欠乏會漸漸淡去，慢慢的見山又是山，看著別人有不會想到自己沒有，看著蘋果小不必擔心胃袋填不飽。花錢買顆迷你蘋果圖它可愛，市內人很可以，而這些市內人，也不介意被稱做「都市俗」，懂與不懂，吃過與沒吃過，只是他要與不要的問題而已。

會介意的人，和總是想要用同樣的十塊錢買到最大蘋果的人，未必住在市內。到哪裡都有精神浸潤在匱乏裡的人，也都有在餘裕裡安樂自在的人。鄉下人未必全都羨豔都會，生活在一個走幾步路就能獨享整片天空的地方，不少人還真沒什麼可計較的，要說是安貧守樂也不盡貼切，他們過著「倘好過就好」的日子其實沒怎麼想起那個貧字。城鄉的確存在差異，但差距卻在人心，無論是在繁華都市，還是儉樸鄉間，嫉妒人家有什麼，嘲笑別人沒什麼，只是把自己往貧窮裡推陷。

有些笑話不耐笑，徒增唏噓。

美食街沒有美食

不久前開車南下，中途忽然人煩心累肚子餓，所以在國道休息站的美食街點了一份蛋包飯。那餐飯讓我對人性失去信任。人在仰賴蛋包飯帶來安慰的心理狀態下，發現蛋包飯裡的茄汁炒飯被置換成難以名狀的類白飯，會發生什麼事你們知道嗎？

會精神創傷。

不是白飯，是類白飯，因為說不上來炒過沒有。要說炒過，那飯毫無油香，要說沒炒過，光是想像廚師特意把那些不知名不知味的綠色屑細拌進白飯裡的畫面，我的額頭就給心火熬出一層油。為什麼要這樣？蛋包飯可以不包茄汁炒飯嗎？蛋包飯就是要包茄汁炒飯啊，不然去問外宿生！去問家庭主婦！（但不用問我媽謝謝。）我伴隨著內心衝突吃完那盤飯，一邊想著畢竟農人耕種不容易，雞被養來生蛋也是諸多委屈，另一邊哀嘆廚師的烹飪道德低落，為什麼卻要用我的環保良心來償還。騙子！拍郎！抓去關！

大約是在咬到那塊明顯只浸過一點鹽水的常溫小黃瓜時，味覺的錯愕讓我冷靜下來。不，沒人騙我。從法律的角度來看，台灣並沒有明文規定蛋包飯的構成元素，店家在看板上也沒有特別承諾要用哪門子蛋包哪門子飯，這趟交易的確從頭到尾沒人失信。是我自己一看到櫥窗裡橢圓形的蛋包模型，隨即聯想到「好吃的蛋包飯」，想起大阪北極星，想起西門町美觀園，和從前學校後門剉冰店賣的蛋包飯，每一盤都甜甜酸酸香香飽飽的，所以萬萬意料不到，店家光明正大展示的食物模型可以是「披著蛋皮的不明飯食」。我是自己騙了自己，那食店沒有騙我，人家算準了來客會帶著自己的美好想像上門來點餐。他聰明，我失望，但沒人違法，警察不會來抓他。

說起來，台灣的美食街有種性格，像人。那種人特別開朗熱絡，說自己和各路關係人士都熟，打個電話就能幫你謀事謀財謀方便，時間久了才發現，到頭來是你要為他擋事擋財擋方便。沾上這種人一開始會銘謝萬能的天神，居然派來這樣一個神燈裡的精靈。放他出來攞弄幾道空氣以後，才後悔沒事搓那油壺幹嘛，要麻煩我自己找就好了，哪裡需要經過這樣一個騙子。

要擋餓的話，我自備無調味堅果就好了，哪裡需要費事讓美食街教訓我，食物的原始功能只是「呷止飢欸」。雖然號稱美食街，這些地方供應的多半是各種風味的「呷止飢」。好比，櫥窗裡的泰式咖喱看起來很好吃，實際上是泰式咖喱風味的「呷止飢」；而櫥窗裡看起來很好吃的蛋包飯，也只是一份看起來像蛋包飯的「呷止飢」。反正投身美食街的網羅，就是呷一咧止飢欸 nia ˇnia ˊ 啦，哎呦我的額油又冒出來。

無奈的是，知道教訓是一回事，人生路迢難免有特別想要相信神燈的意志徬徨時，也會有特別渴望一餐美味鹹食的肚腹空虛時，才會不論南北東西，都有自詡能人的渣人，和自稱美食的歹食，經營得風生水起。二者的致勝關鍵都在於有模有樣，渣人懂一點能人的進退儀態，歹食懂一點美食的形狀味道，然後等著像我這樣，一時肚腹空虛卻又腦補發達的人，自己走進業報成熟的那一刻就可以。

千金難買早知道就吃茶葉蛋。

不過，既然想起各種渣人渣事，披著蛋皮的偽蛋包飯相對來說其實非常純良，反而沒什麼好氣的了。

市場邊的賣菜大姐

我對淡水竹圍菜市場裡的賣菜大姐們忽然生出興趣，不是正規菜攤上的那種老闆娘，而是以寄生形態依附著市場的迷你業餘小菜販，專賣一些自家菜園種的粗生果菜，多數長得彎彎曲曲，和我老家院子裡的一樣。很難決定這些人到底要叫阿桑還是大姐，說實話，我第一反應是想叫阿桑，但日子要是只問真實不求矯情的話還能過嗎？人家見我都能慈慈藹藹叫妹妹，我沒什麼不能叫大姐的。

本來我買菜一向講求快狠準，不太留意這些大姐，太陽曬得那麼狠，黑斑冒得那麼快，我的青春美貌如果還有殘留，總是希望額度可以用在風景比較開揚優美的地方。為了儘量一次買足一週份量的根莖蔬果，我的眼裡只有萬菜具備的大型蔬果攤，手刀進手刀出，偶爾遇見店狗店貓會蹲下來聊兩句，隨即又安德烈依把依把離開菜市場。

直到有一天，在臉書上看到朋友說她獨鍾這些大姐賣的菜，我的買菜智慧才終於晉級。像我這樣需要撐足一週的蔬果庫存，當然應該優先購入這些當日現採現賣的蔬果，爭取多一天兩天的鮮脆營養，要是幸運遇上帶根帶土的葉菜，更是可以肆無忌憚冰上三四天。自此我就像寶可夢過了二十級，開了天眼，終於看得見這些可貴的流動賣菜大姐們。

市場裡的大姐們有些以單數型態出現，有些是複數，越早上市場，遇到的越多。全聯與土地公廟夾著的那條小巷裡，有幾個我特別喜歡光顧，當然也私下取了名，方便我暗中發展單方面的情意。土地公廟的入口正前方有一個石花姐，穿著黑色塑膠拖鞋蹲坐在小凳上，連攤都沒有，只在地上隨便鋪著零星的幾把空心菜、地瓜葉、南瓜之類，很能說話。走進她的業務範圍內，就像站在感應過度靈敏的超商大門，會不斷聽見語音重複播放：「這個我們種來自己吃的，都沒有農藥，不用洗很久，這很好的菜，都沒有農藥，不用洗很久，你不用洗很久，啊要不要吃石花凍？絲瓜要不要？這個南瓜要不要？」石花凍是她的固定商品，有甜的，啊也有不甜的啦，我已經記得她的銷售台詞與話術，每一次她都要眨著靴貓眼再三確認，我是真的不買我沒買的項目，我也只好每一次都拿出真感情來道歉，說我真的不吃石花凍。以拒絕做為轉身前的最後一句話，一直是我覺得相當嚴重的人際斷裂，有幸在菜市場遇見她，讓我可以無痛進行減敏練習。

石花姐身旁幾步路就是琥珀姐的菜攤，我非得過去看看有沒有秋葵茄子好買。大姐們的商品種類非常重複，主要是適合業餘菜園種植的蔬果也就那幾款，空心菜地瓜葉容易吃膩，能買到一點顏色不同或口感涎滑的菜，心裡往往能添一分營養學的僥倖感。琥珀姐屬於複數的大姐菜攤，她的名字由來就是因為身邊經常有個珍珠姐，讀過觀世音菩薩普門品的人都知道，珍珠隔壁就是琥珀。

珍珠姐永遠戴著白閃閃的珍珠項鍊，有時候戴著口罩，有時候戴帽子，每次都坐在琥珀姐後面自顧自說著各種閒話，菜攤生意顯然不關她的事。本來吸引我目光的人是她，但前幾個禮拜我在攤上買長豆的時候，聽見珍珠問琥珀晚點要不要一起去吃午餐，琥珀說她帶了便當，站我身邊的師奶顧客順口讚她「有夠儉」，琥珀居然接了句「夭鬼兼雜唸」，我一聽覺得她才是冷面哏王，說起話來生動鮮明還押韻，立刻要求她複述一次我好記住。在場幾個大姐眼看有後生求教台語，五口十舌解釋起來，我因為起了頭也不好意思不搭上去，頓時攤內攤外活力四射祥瑞萬狀，硨磲瑪瑙珊瑚琥珀真珠等寶全湊齊了。故事性強大，就是複數的威力。

整個竹圍市場裡面，劇情最感動我的複數，是屈臣氏對面的竹筍姐與竹筍兄。有筍的季節他們就賣筍，其它的項目則是隨菜園供貨而定的不可預期，我買過常見的粗梗空心菜，也遇到過罕見的金針花，拿來用薑絲痲油炒雞蛋很下飯。攤子基本上由竹筍姐主持，她周身散發著沙場主帥的氣勢，每一次我問竹筍苦不苦，她都會以沙啞的聲線外加丹田之力提出保證：「不會苦！你來跟我買東西，我怎麼會給你吃苦！」「這包啦！馬偕的護士叫我留給她又不來拿！這包兩百給你啦，好不好？啊這個九層塔早上採的，隨便賣啦！」我十次有八次會要，沒什麼特別原因的話，儘量不想忤逆她，這世上難得有人承諾不讓我吃苦，不求得遇必須好好珍惜。當然，也不排除是因為她的攤位就在車輛川流的馬路邊，我退一步就是粉身碎骨，所以潛意識帶領著我向她靠攏，或者叫我快點買斷離場以求長生。

竹筍兄坐在旁邊扮演人體收銀機的角色。竹筍姐被問到「這樣總共多少？」的時候，會一邊試圖以口語計數，一邊欸，欸，欸，看向旁邊的竹筍兄，她也不是沒有看向我過，但很快就知道不濟事。竹筍兄在主帥身邊看起來溫溫弱弱，但是算起菜錢來穩若諸葛，夫妻二人四手找好零錢收妥鈔票，他再拿起腳邊一大片瓦楞紙，上面是整列大小接近18級20級的手寫數字，把剛才的交易金額接續著寫上去，進行一個師爺記帳的動作。看著那串歪斜的手寫數字，我常常希望他們待會捨得買塊好肉回家吃。

巡遍大姐們以後，我才肯回到正規菜攤上去，買些專業菜農供應的香菇玉米高麗菜，補滿冰箱的剩餘空位。正眼看過她們指縫裡的泥土，和成交時的業餘式欣喜以後，我很難不心軟，即使明知道其中有些很可能是兒孫氣急敗壞反對她們出門勞動的高齡大姐，我還是想要在烈日下尋找她們，買回她們帶著期待種下的青菜，遞出在她們眼中上才附著特別多滿足的五十或一百，聽兩句邏輯可疑卻入耳入心的菜市發言，逢場姐妹各自開心。這大概是我近來體驗到，最為買賣互益的市場供需實例。

新兩次

在外面吃飯的時候，很怕看到新置的攤車或不鏽鋼架沒撕膜，整餐飯都要煩惱店主究竟知不知道，日子久了那層膜再也撕不下來。

他們如果知道就算了，怕的是不知道。

有些人以為只要客氣著用，東西就能一直新下去。買台攤車不便宜吧，為了保全新財產無痕無傷，他們願意在新購的幾年內，按耐視覺上的突兀，留著那層白面黑底的膠膜，承接各種原本該以不鏽鋼面耐受的水火衝擊。年久月深，熱源區域長出浮凸的氣泡，踢腳處也染上各種色階的灰褐水漬。邊角捲起，失去黏性，像希望裡的悲觀，計畫裡的風險，群體裡的個體意志，乳房攝影裡的不明陰影。抹布來回擦過的時候，唰唰，唰唰。我其實沒聽見，卻每一次都覺得聽見，店主在掌心感受到的阻力，也彷彿透過神奇蟲洞，從他的手臂神經傳進我的大腦裡。

「以後撕下來跟新的一樣」，為了以後還能新，現在不敢明目張膽新。人對未來的嶄新無瑕懷抱信心時，對當下的妥協特別理所當然。他們以為那張膠膜和自己一樣堪折耐磨，直到終於看見膠膜龜裂殘破得礙眼，想要撕下來終於迎向全新未來時，才發現未來早在他們還捨不得認真讓它來的時候，曖曖昧昧來完了。風化過後的膠膜，邊角依然捲著輕佻，但原本等著撕離的本心早已質變，僵脆的皮面一扯就破，破口裡露出的不是光潔如新的無痕鋼版，而是萬古不化的泛黃殘膠，巴在攤車身上，幽幽哼著黃乙玲。堅心甲你作伴，天涯海角，我是你的膠。

以為可以新兩次，結果從頭到尾沒新過。要是一開始痛快撕掉膠膜，把閃亮亮的新攤車用成舊攤車，人情歲月共行一段而舊，那舊只是尋常的舊；但是，在最能華美的時候捨不得華美，怯怯懦懦不能盡情，手裡的不敢抓實，冀望的終究破滅，那種舊特別殘，那種心情特別老。虛晃的便宜，有時候很貴，最嘔是，那便宜從頭到尾都是自己的誤會，這個宇宙從來沒有允諾過什麼東西可以新兩次。

我怕他們不知道這回事。

也怕他們知道這回事，但無所謂。

最怕的是，他們不知道這回事，到那分上卻還是無所謂，這樣我就難以判定，出問題的是無所謂的他們，還是自己的事憂慮不完，卻要為陌生人憂慮的我。

這種店裡，想吃碗普通湯麵不容易。

輯三

肉身日常

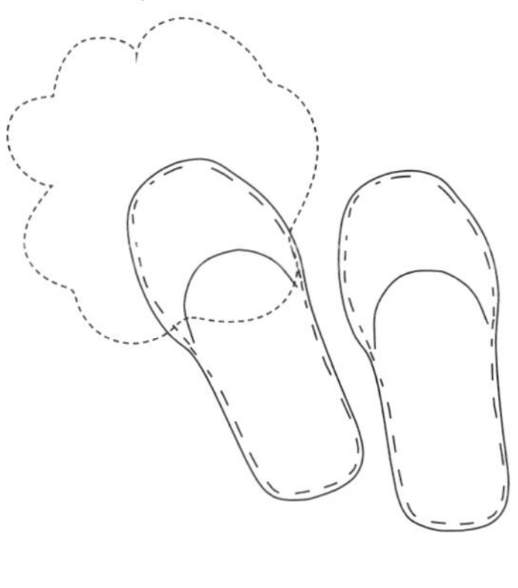

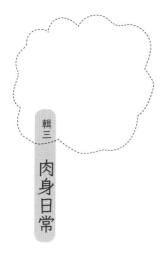

呱元呱點呱呱呱

前不久到市區去上課，一大早特別渴望咖啡因，所幸教室樓下就有得買。結帳的時候忽然心念一動，把久未使用的會員儲值卡拿出來確認餘額，看到機器讀出來的結果是0元，我感到非常輕鬆，打算此後可以不再理會這張卡。當我抽出鈔票，要以現金支付的時候，馬尾正青春的店員卻遲遲沒有接手，雙眼誠摯，朱唇輕啟。我頓時領會她要說什麼，一股自投羅網的蠢感從天靈蓋灌下來，我是自己挖了一個坑，沒得轉圜，只能捏著那兩百塊錢聽她說完。

「你要不要先把錢儲值在卡片裡，再用卡片支付？這樣就可以累計點數喔！而且你不用一次儲值一千，你可以儲值這杯咖啡的呱呱元就好，這樣你再用卡片來扣，這次就可以有呱呱點了，以後消費只要滿呱呱元，就可以獲得呱呱點，只要集滿呱呱點，就可以呱呱呱呱……」

後面我不知道她說了什麼，因為我已經當場肉身坐化了，我人是雙腳與肩同寬站在櫃檯前面，但是魂魄距離肉體相當遙遠，遠到我覺得自己應該是坐化了沒錯。我飄到對流層左右的高度，看著滾滾紅塵裡的我和她，心裡只有一個疑問：為什麼？為什麼一大早要叫我算數學？

這世上有些鍋子不沾肉，有些政客不沾錯，有些人腦天生沾不住數字，對啦就我。她說的話，文法和字彙我都聽得懂，但是數字這東西，無論是從耳朵還是從眼睛進來的，在我腦袋裡面的意義和鴨子叫差不多。對某些人來說，對啦還是我，算數學不是碗端起來就可以扒飯這樣的事情，算數學是深吸一口氣之後抓著長竿助跑上去跳高，要用上決心和鬥志的，要消耗生命動能的。

我從來不敢回頭去問那些教會我數學的老師們後來心血管狀況如何，是，我國中有畢業，各種考試成績還算可以，但數學不就是這樣用在人生刀口上的嗎？事分輕重緩急，全台各大賣場會把衛生棉一片平均幾元明示在價格標牌上，就是在告訴我們人沒事不需要驚動腦細胞去做無謂的計算。店員好意指引我知道，但一大早我實在不想這樣操勞。

我神遊一圈她也差不多講完，問我要不要，我說好。這種無關痛癢的事情，說好是最容易結束一個回合的方法，人要忠於自己是一回事，要費勁說明自己不是對方以為的那個人又是另一回事。說不，也是一種撐竿跳，跳高跳低都要氣力。老身人沒睡飽，還沒喝到咖啡，沒那個力算數學，沒那個氣真心交陪，我願意為了省事拿到咖啡，扮幾分鐘樂於集點的顧客，那一刻的人生目標相當明確，就算要扮排在後面那個男孩的媽我也可以。

第二天，我過馬路到對面的便利店買咖啡。

完整的身世

我在考慮要不要捏造一篇完整的身世，專門用來應付問太多的陌生人，尤其是第一次見面就跳過「江小姐」階段，直接以名字相稱的各種服務業專業人士。

要對知情的人解釋我是作家，已經夠彆扭，跟不知情的人實在不需要性命相交。為了合理交待我如何能在一般人上班時間出現在服務業地盤，免不了要招認從事自由業，而且是帶著電腦就能工作的類型，如果要銜接我德文系的出身，自由譯者大概最合乎邏輯。而且只接商業文件，不碰出版。前不久回答某個業務人員我是文字工作者，下一題接著就是有沒有出過書，我反問他如果出過書是不是多打一折，他聽了只是呵呵笑。

然後我要生過小孩。前不久好不容易約了一次ＳＰＡ，相熟的美容師居然已經離職，初次見面的新人一見我就讚瘦，誰知道浴袍脫下來，她立即改口：「哦有肚子，生過小孩了齁？」所以我生過。一男一女，十六歲跟十五歲。孩子的爸爸嗎？生完妹妹就離了，我不想談他，人家已經再婚了。這個婚一定要結過，後來離掉沒關係，結過婚證明我結得掉就能擋掉後續八十個質疑，至於另結新歡的前夫，反而人人覺得尋常，不會追究，妻子本身條件不好，條件太好，都可以是丈夫必須求去的理由。

孩子們呢，雖然都是中學生的年紀，但是都不愛讀書。老大喜歡唱歌，平時在家裡會突如其來張嘴練嗓，半夜唱得還比白天大聲，我好怕鄰居來敲門抗議。而且現在的小孩子說不得，講幾句就影響母子關係，我兒子又特別聰明，媽媽根本講不贏。妹妹也有她自己的興趣，喜歡短跑，還是跨欄？反正就是那種跑一跑要跳過障礙物繼續跑的，我老是記不住那個名稱。她雖然小小一隻，但是飛起來好像獵豹那樣，很有爆發力哦，她以後可以讀體育系，去當體育老師啦。我最擔心她的就是挑嘴，弄什麼給她都吃兩口就不要了，瘦得像條蛇，人家看我這個媽媽一身肉，搞不好懷疑不是親生的。哎呀養小孩就是這樣，講什麼到後來都會講到他們身上去。你也是齁呵呵。

諸如此類。最叫人著道的虛假，向來精心穿插著各種真實。我對這男女二貓的操煩真心像個媽，說出來該有七八分像樣，足以讓聽者安心繼續幫我洗頭，或甩正我外突的頸椎，不必停下來幫我打上聚光燈問真假了吧？這樣不算過分吧？投向專業服務人員尋求療癒的時候，我真的不想面對人生的現實其實比謊言浮誇，只想要他們把力氣全都用來推散我的氣結和淋巴啊！

SPA裡的生化人

做SPA的時候，特別感覺到自己果然是生化的動物。不是做臉，是背部舒壓，我如今對容貌的投資動機遠遠不及肩頸腰腿，畢竟面容唐突的是他人，身體拖累的是自己，要緊程度有別；也不是魔鬼生化人那種半機械半肉體的生化，而是課堂上那種一細胞一世界，不昧於人形表象，倒看你是一團團巨型分子塊的那種生物化學。

美容老師一按上來我就覺得安慰，好好啊！我只記得那條歪腰需要照顧，但老師之所以為老師，就是因為她們明白眾生平日屈鬱的不只是腰。她抹上按摩油的雙掌在背上緩緩推行的速度，讓我想起英國女王座車駛過夾道群眾的畫面，我在電視劇裡看到英女王剛加冕不久就去了澳洲宣示性遶境，巡迴各大城市，與她在世界盡頭的子民們見面三分情。我覺得老師的手就像我聘來的代理女王，幫我撫慰那些久不得聞問的皮肉細胞群，平日我默默做人，它們靜靜撐住裡子和面子，老師的手一巡過去卻全都喧騰起來，啊妳來了，妳來對我們微笑揮手了，妳終於看見我們了！

老師知道皮肉之間哪裡藏著最多夜半垂淚的苦主，她們經過肩胛骨旁幾條筋的時候，會特意咕篤咕篤多撥幾下，不痛，剛好就是「我知道你這裡辛苦，乖，拍拍」的程度，和武俠派推拿師傅以按出哀嚎為己任的風格大不相同，這種帶點疏離的關切我很是受用，肩背鬆軟，心裡舒快。

這就是特別自覺生化的那一瞬。那一瞬間我的頭嵌在按摩床的臉洞裡，閉著眼睛瞪著黑暗，腦袋在想，為什麼她的手按著我的背，卻安慰到心裡來？她的手掌貼著肉往下壓，理論上先碰到的該是我最外層的皮膚細胞膜，我最後一堂生物課是國中上的，頭髮捲捲的生物老師在黑板上畫下細胞膜、細胞質、細胞核三個組成要素，我記得一清二楚，因為她說植物才有細胞壁和葉綠素，我深感悵然怎麼動物還輸給植物，少了兩個。後來有了網路我才知道沒輸，動物細胞可複雜了，裡面有名字很長的蛋白質，而且帶電，會發訊息。

美容老師雙手推過來的時候，我彷彿看到那些面向人間風景第一排的細胞們，肩靠著肩雀躍起來，紛紛發出「痛已查獲勿念」的電報，穿過一排接著一排的層層細胞，正負電子連綿傳遞，把訊息回送到管理中樞，唰唰唰唰穿過腦膜的瞬間，被大腦逐一轉譯成「好療癒」「好療癒」「好療癒」，逐一沒入溫暖的灰白腦漿之中，再由中央向四肢百骸放送「我心釋然」的指令。

如果這個時候我打開喉嚨，發出的聲音大概不成字句，只能是長長的嘆息。

在ＳＰＡ小房間裡自導自演這些生化情節，令我在肉體與意象上獲得雙重層次的充電。但偶爾，不知道是因為都會行走間吃到什麼招數，還是美容老師的手技高明，我竟會在代理女王開始巡迴不久後，就領著全身細胞恍惚睡去，醒來不知魏晉，迷糊間只確定自己仍然是運作著新陳代謝的有機體，因為肚子餓。那種結果也是好的，想吃是活著的第一步，這錢不算白花。

免費健檢

保險公司寄來一張健檢通知單，很簡單的那種驗血驗尿X光，背面是一串特約醫療院所的名單，有大有小。最近的一家是個地方診所，車程大約十分鐘，但我花了兩個多月的時間才去到。頭腦說「去看看各種指數也好」，但是腳說「我懶」「難得免費，就近做做嘛！」「免費了不起嗎？」內在雙方這樣反覆聊個沒完，為了實踐人權文明，我向來不願逼迫任何一方接受任何單方堅稱的共識，就這樣花了兩個月。在雙腳終於點頭的那個晚上，我決定隔天一早直接去把血抽了，這種陽春健檢應該不必預約吧，反正通知單上寫著空腹八小時，誰早上起床不是空腹八小時的狀態？簡單。

診所櫃檯的護理師表情和妝一樣淡，問我：「你有空腹八小時嗎？」

「有。」我沒淡輸她，這種競賽我連不想比的時候都會拿名次。

「有喝水嗎？」

「……有。」失算，我忘記空腹也要禁水。

「喝了多少？」

「一點點而已……」一馬克杯算一點點吧？我為了逃避另一次十分鐘車程竟然撒謊，但她臉上已經有光，那種我和她都知道局勢已定的光。

「這樣數字不準喔～」她遞回通知單，我被結束這個回合。

頭腦和雙腳又聊了一個月左右之後，我餓著肚子渴著喉嚨再度回到櫃檯前。淡妝護理師讓我把通知單遞給另一個稍見年長的護理師，那種我在大醫院抽血的時候會特地去排她的隊的那種，快狠準的熟手。她真的快狠準，叫我站上身高體重計的同時，也把身分證塞到我手上還給我，必須同時收證脫鞋放低包包令我的小腦負荷過載，站上磅秤時哐啷一聲差點跌下來，但阿長（我覺得她去到哪裡都能當阿長）已經報出我的體重「體重55.5啊不是等一下喔等一下喔是57.5」寫出這種句子我還得擔心編輯索討標點符號，她可是嚷得中氣十足。

抽血也以光速完成。照常理說，她既然能趁著抽出一管血的期間，解釋取尿的要點，交代抽過血可以進食飲水，並且在任何空檔之間哼歌，那起碼有個十幾秒吧，但在她面前，我陷入一種非關愛情的高速旋轉，又或許那個抽血室其實是個蟲洞，因為一切彷彿都在我眨眼之間就結束了，下一次張眼的時候，淡妝護理師已經遞來一件病人服，讓我換掉自己上身的衣物，進X光室找她。我抖開淡藍色的病人服，看到領口內側一圈褐黃，內心一沉。只要湊近鼻子聞聞，就能確認衣服到底洗過沒有，但綜觀全局，我深知在那當口確認這種細節對於人生光明面一點助益也沒有，閉上雙眼深吸一口氣就套上了。諸如頭洗一半的話也不用多說，人活著不就是為了把頭剃完而已，區區一圈油領。

區區一圈看似沾過八百壯士後頸油的衣領。如果可以理解衣服沒洗的原因，我心裡的創傷可能比較容易過去，躺在床上等著做心電圖的時候，我問淡妝護理師：「這裡常常有人來做健檢嗎？」如果生意不好，削減洗衣預算的確是可能的做法。「有時候也會有。」這六個字真是高明，不肯定也不否定，答了卻也沒答，而且順便告訴我她沒興趣聊天，我從來沒想過話可以這樣應。在精神創傷發生的同時，意外撿到武林祕笈，令我心情相當複雜。

淡妝護理師顧著在我的腳踝手腕塗上酒精，專注到近乎神聖，所以我在數秒後頗為訝異，她鉗上四肢夾的位置，根本不在剛剛消毒過的點上。極有可能，那些接觸我皮膚的夾子貼面，之前也夾過八百壯士沒有消毒到的肢體部分。我感覺到後頸與四肢末端的皮膚細胞，瞬間長出細胞壁來抵禦境外污染物，而我的心神在呼喊，誰來給我一瓶保力達B，讓我可以預支明日的氣力，用來保定此刻的自己。

走出診所以後，我想起血壓還沒量，剛才阿長說要給我一點時間停喘，顯然高速旋轉讓我們都忘了這件事。要回去補量嗎？頭腦和雙腳同時一陣虛軟。我衷心冀望頭腳雙方在血糖過低而且脫水的狀態下，還能夠記取這一次苟且求近的教訓，下次通知單再來的時候，願意手拉手心連心，花一個小時的車程到城裡的醫院去，換上依照標準作業程序發包送洗的病人服，做一個普通到寫不進專欄的健檢。

我直奔早餐店，吃了一份丙烯醯胺明顯超標的粉漿蛋餅，恢復精神健康。

把頭髮留長的過程有點禪

在反覆八萬七千次留長、剪短、留長、又剪短以後，我已經知道短髮最適合我，人體實驗二十餘年統計出來的活體群眾反饋不是開玩笑，結論總括起來就是短髮二字。

知道歸知道，短髮很麻煩，一兩個月就需要修整。我很少遵守得了髮型師給我的維修時程，向來一拖還有一拖拖。倒也不是刻意追求形貌上的豁達，誰不怕醜，只是我真覺得打理外貌浪費時間，況且我不偷不搶，髮型壞掉一點怎麼了嗎？這樣想著，很容易一兩個月的黃金搶救期就過去了，正所謂一瀉千里，放逸難收，漸漸地不會再有人察覺我髮型壞掉的事，不存在的東西哪裡會有壞掉的問題？

終於察覺髮型全毀的時候，自然會想要盡點補救的人事。可是人一旦脫離原有的行進停下來，想要恢復運動狀態，首先必須克服靜止狀態的最大摩擦力，好累。我懷疑牛頓會發現最大摩擦力的存在，就是因為先知道人要動起來有多累。我在這種非振作不可的關鍵時機，很容易隨手拿起髮圈在後腦勺紮起豬尾巴，心裡想著短髮真麻煩，不然留長好了，留長再說，就這樣擺脫怠於打理容貌的罪疚感，繼續過我幸福快樂的日子。八萬七千次就是這樣來的。

把頭髮留長的過程其實有點禪，一靜照萬念。短髮工整的時候沒事，一旦我做出蓄髮的決定，卻會忽然生出無憑無據的盼望，相信自己在不久的將來，極有可能全面或部分展露出至今尚未呈現過的美麗潛能，在路人外貌協會的舞台上稍微發光發熱。現下這半年八個月的醜樣只是暫時的潛沉，沒有人會計較，到時候頭髮長了梳成中分，穿上樂活風的森林系衣著，就是蒼井優那個意思了，大家都會驚艷吧。

我所有的髮型人體實驗，用的都是這個邏輯設定，只不過目標人物次次不同，有時候是今井美樹，有時候是安海瑟薇。但其實，我這輩子成功把頭髮留到蒼井優的長度，只有十六歲那一次，差不多是蒼井優還在換牙的年代，當時剛脫離髮禁，我終於盼到蓄髮自主權，才有毅力一鼓作氣忍過燠熱不便，在十六歲那年成為在高塔上垂下長辮誘釣王子的少女。在那之後，我多半在比蔡英文稍長一點的程度，就會因為進入邋遢期的巔峰，決定終結蓄髮，放棄變美。

每一次走到這種面臨放棄的時候，我都想不起之前的信心是怎麼來的，這時要是有人再提蒼井優，我可能會抱住他的腿求他別提了放過我吧。鏡子裡面那個人不就是天龍八部的喬峰嗎？只差在頭髮綁起來是梁家仁演的，放下來是胡軍演的。一個貌似喬峰的人憑什麼成為蒼井優呢？還是剪回原來的樣子吧！這，就是我用來克服最大摩擦力的力量，也是那八萬七千次的另一個背後助力。

奇妙的是，剪回短髮以後，各種關於蓄髮的妄念都會消失，人一旦自認形貌得宜，反而少了對他人美態的稀罕。我眼下正在經歷第八萬七千零一次的留長，即將進入喬峰的階段，又要開始慕求短髮時期的身心輕安，對於這種週而復始的生活迴圈，我真心感覺到靈魂層面的疲勞，好想拿起電話預約髮型師終結這一切。只是，在這之前，我得先弄懂一件事：如果想要保留變成孔孝真的可能性，我到底該是不該留著瀏海？

第五天的指甲

旅途中的興奮，和指甲的生長，成反向發展。剪乾淨的手指甲要長出一公釐左右的白色外緣，大約需要五天。五天足夠一個人熟悉異地各種生活秩序，行人號誌燈是什麼警示音，過馬路看右看左，食物偏鹹偏淡，寒暄句型或短或冗，在旅行的第五天，全都成為新習慣，多留點心的話，幾乎能夠收斂所有異鄉人的氣息和擺動，沒入在地的流動。

只是幾乎。到別人的城市去格格不入，為的是脫離平日節奏，一切陌生探勘、費時費神、冤枉路糊塗錢，為的都是從原本的老練抽身，過幾天不精不明的日子。但也只得幾天，人攔不住腦袋自作聰明，城市的陌生比少年的純真更短暫。赫然發現地方熟了，興致沉了，通常都在第五天，正好是指甲長到可以刮進掌心的時候。

第五天之後的指甲，是巴甫洛夫的指甲。人在異地生活，無論長短，得從心裡關掉一些東西，才好吃睡，平日裡計較到腳毛上去的有關係，出了門都只能盡量沒關係。盡量。在旅行新奇感降到某個水位以下之後，溝通的虛耗、移動的配速、空氣的濕度，終究一件接著一件浮現存在感，連同指尖那十片夜夜延生的角蛋白，在第五天一起扎進掌心，觸發某條神經線，想起平行存在家裡的那個自己，可以稱心如意駝在書桌前面剪指甲。

指甲到哪都能剪，不怕給撿去作法下咒的話，在車廂裡剪來噴濺鄰人也是剪，但要剪得稱心如意，事事項項都是計較。我的指甲自然在書桌上剪，而且上工之前剪，和ＯＬ打完卡坐下來先吃烤煎蛋喝中涼奶同一個精神，美其名定心，但一切用來定心的名堂，都是在看妄念作戲。人在慣性動作裡反覆的時候，念頭的流動特別清晰。週週月月年年，用同樣的刀序和弧度，整理手上那十片指甲，都是在釘住屁股看腦袋裡的電影。每週剪一次，四十年大約能播兩千多幕，有時周星馳，有時王家衛，偶爾伍迪艾倫，經常尤格藍西莫。

指甲是日常的伴生，甲面的平美或坑疵都是自己作得來，近的看昨天、看上週，遠的三四個月、大半年。人在行進間未必說得出路程好壞，指甲養得怎麼樣卻是班班可考。指甲修長短，日子揀順逆，剪完能在顛倒妄想裡挑一件好出口的事由講，交稿就有望。真能定的人恐怕沒什麼好寫，能寫的都是妄，所謂老廢角質在這個時候，竟有春泥般的出息，在脫離肉身的同時，從精神上拖拉出各種雜草碎花。

但是在首里城邊，蒙馬特坡上，指甲都只能長來刮掌心，刮著叫人想起要是能在家裡剪，身體和腦袋都能卸下一點東西，該有多麼輕快自在。琉球王朝的榮華和聖心堂前的宏闊，因此隱隱埋著一條淡水河，伏流過我桌前的窗，而窗內沒有我。我在已經不太陌生的異鄉，遙想家鄉日常的平淡穩定與秩序。那些悶不死我的，竟成為我的氧氣。

旅途得著屢屢指回家鄉，是從前萬不能想像的境地。出門的時候明知道幾天後就要想家，仍然要義無反顧報到登機，到境外等待第五天的指甲，為我搔刮出新一輪的，無法在境內育成的鄉愁。

出行竟然換來安住。中年人生，我不懂你。不過我從來就不懂你。

馬桶刷

大人的話不能盡信，馬桶刷也是個端倪。

過完暑假從小五升小六，我們開始負責打掃操場邊的廁所。舊式廁所是一條瓷磚砌成的長溝，上方儘管是有牆有門的個人空間，拉撒出來的物事無論固液氣態卻以物質不滅的真理和整座廁所結合成完整的一體。沖水次數有限，衛生股長偶爾會在下課時間到廁所尾間開啟水閥，否則就得等到隔天清早的掃除時間才得以總結前帳。

廁溝陳年黃垢不是任何人能夠輕易對付的歷史沉積，但師長凜然，十來歲的孩子只好相信瓷磚不能閃亮潔白必須歸咎於自己不夠用心。我開始審視馬桶刷和人體力學的相互關係，想知道為什麼追加各種施力角度和鹽酸劑量，仍然屢屢獲派不夠用心的罪名。我比誰都想知道自己還有什麼額外的心能拿來用。

學校總務處發下來的馬桶刷，是市面上最廉價那款，膠毛一簇簇種在刷座上，外紅內綠圈成幾個同心圓，切面平整，接上螢光綠色的手柄，倒過來像朵花。現在看起來勉強有些普普趣味，用起來卻不稱手，間疏的刷毛無力刮除鹽酸腐蝕過後的瓷磚污漬，經過裂縫，時不時扯下幾根刷毛，不多久整把刷子就破敗軟弱，應付溝面的清潔已經顯得勉強，遑論間縫和夾角。

每日微調操作手法，卻得到同樣的結果，我終於領悟大人說的是空話。嘴裡說廁所清潔事關重大，人的德行操守要從這種最髒的地方把持起來，但是集體傳承給學生的工具和掃除方式，卻樣樣證明整個社會是長時間且大規模的不在乎廁所不乾淨。不只是訓話的校長主任不在乎，旁觀的級任導師也不在乎，賣刷具的商家不在乎，設計製造的工廠也不在乎。整過社會聯合起來交一把虛弱的馬桶刷給孩子洗廁所，並且嫌棄她洗不乾淨，大概是最有效的催熟處方，我在六年級開始迅速轉骨，如今骨頭會反成這樣說不準在那時候就轉出定數了。

隨著求學求職輾轉於賃宿人生多年，我用各任屋主配備的刷具洗過各種馬桶，最後明白，馬桶其實是個巨型瓷碗，而最適合用來洗碗的工具，還是菜瓜布。那種塑膠手柄夾著軟弱菜瓜布的廉價水瓶刷，才是最完美的潔廁工具。務必廉價，廉價的菜瓜布才夠軟弱，不刮傷瓷面。瓶刷柄長正好足以深入水管底處不至沾手，卻不在朝上刷洗溝槽的時候卡住碗身。菜瓜布材質柔軟，配合靈巧的人手關節，能夠以多樣角度緊貼碗面及溝槽夾角來回擦拭，去除各種沾附。介意個人生物領域上各種沾附的人，即使不在幼年承蒙師長訓示，一樣會在人生途中鑽研出掃除心得，並且明白，真正有效的方法，全然不是權威人士作態指導的那套堂皇。

本來已經忘記這回事，前不久發現那款刷子還有人賣，而且有人買。像是這三十幾年來我想盡辦法爬離的地坑，人口依然在裡面無盡繁衍，教忠教孝。本來也不是不知道的事實，但就，忽然撞見的那一下還是心驚。

好你們現在可以再打了

我的手機很少響起。這句話光是說出來我就覺得徜徉在宇宙大愛裡，人生只要能夠安靜就美好了大半。平均下來，我每個月能接到的電話大概只有十通，這十通裡面有一半要叫我借錢或投資，三通是實質事物聯絡，一點九九通是宅配通知，剩下的零點零一通是詐騙電話。本來我對這個來電比例相當滿意，因為絕大多數都可以嗯嗯啊啊謝謝再見就掛斷，但是最近，我開始感到輕微的不滿足。

問題在於詐騙電話，我接到的詐騙電話次數，大幅少於臉書同溫層裡的常態。根據我的觀察，最近在某個網路書店買書的人經常成為標的，說訂單有誤一次買下十二本需要修正云云。呵，會常在網路上買書的人，不也就是掛在網路上收看各種變鬼變怪的人嗎？大家遇到這種事情當然要討一點便宜回來，哪能讓他趕著去打下一通湊業績。因此我方的即時戰略就是要拖延對方不給掛，不計手段聊下去，是的，我一片忠肝赤膽想要加入全民皆兵反詐騙這正義的一方。

話說回來，經常在網路上買書的，有很多都不是熱衷活體社交的人，話習慣用鍵盤說，笑也用表情符號笑，忽然需要搭上一段擬真的電話對白，營造出逐步受騙的情境，那是社交場域的大幅翻轉，相當具有挑戰性；可以說，能夠把對話時間維持得越長，騙騙子的臨場機智也就越出色。這豈不是一場超刺激超有趣的謀略遊戲嗎？花錢下載回來的ＡＰＰ可能都沒這麼好玩。

在網路上看到別人的精采表現，我見賢思齊躍躍欲試。問題是很少有人騙我，我在那個網路書店的買賣都依附在同居陳小姐的帳號之下，她就好啦，偶爾有得被騙，我來來去去只能苦等著騙子們挑上我在拍賣網站買貓糧與罐頭的交易記錄，那要好多個月才有一通。

我最近一次接到詐騙電話是在年初，一聽見對方用陌生的腔調說出信用卡被連續扣款這個關鍵詞，已經認定是詐騙，居然用真心搏真情勸告他：

「唉，你這樣騙人真的很不好。」

「我騙你什麼了呢！」

「我不知道，這就要問你了。」

「你去死吧！！！」

後來我檢討自己，說不知道他要騙我什麼的確太過矯情，開頭已經指控人家騙人了，後面這樣講只是在強調罪狀，過早引爆對方情緒，無益於劇情的延伸。當時沒看清這事的教育價值，白白浪費一次珍貴的練習機會，如今才知遺憾。

然後就再也沒人打來騙我了，一直到現在。我徜徉在平靜的宇宙大愛裡，騙騙子的機智值與經驗值無從升級，人生可稱美好，但自我感覺稍嫌平庸。

交換禮物

「交換禮物」可能是當今盛行的聖誕活動裡，最悖離聖誕精神的一個。

這個活動設計很適合農業社會，如果大家都住在鄉郊村落裡，我帶私釀米酒來跟你交換手作木凳，互通有無，的確有機會達成慷慨與慈愛的精神。但在二十一世紀的商業都會，自作慷慨和添麻煩只有一線之隔。

如果一定要在物質層面上探討我們需要填補的匱乏，而且作答誠實的話，最受歡迎的物質應該是錢。但現代人的匱乏，哪裡只是錢這麼簡單？能在經濟條件上參加得了這種活動的人，之所以想要更多錢，為的是換來更多順心安樂，但在都會裡，要以物質促成別人的順心安樂不容易。事情不是買條圍巾給脖子冷的人那麼簡單，我在冬至前後剪個赫本短髮，你不會知道我把脖子空出來為的是掛上叮噹招搖的耳飾，還是因為前兩天有可心人說過我後頸線條什麼好話。也就是說，我的確脖子冷，但缺的未必是圍巾，就算想要圍巾，你也無從得知我的衣櫃打開來，還缺什麼款式什麼質材。

又或者，我認為有情有趣的聖誕杯壺組，對於每坪得付一兩千塊房租的你來說，可能是有心讚賞無力承擔的空間損耗，廚櫃要吞納平日的鍋碗瓢盆已經很吃力，總不能為了留下季節限定的情趣，丟掉平日趁手的務實。全留就更悲傷，沒地方塞只能盡量找個合理的地方擺著，但節日一過，雪人聖誕樹站哪裡就顯得哪裡尷尬，都會住宅裡最值錢的從來不是物件，而是空間坪數。必須交付房租或房貸的人最明白空即是色，不夠用的空間是血淋淋的豬肝色，裡面住幾個就篤蔫幾個。小資想咬牙撐一個過節的場面不難，但是捨不斷又收不下的過節行頭，讓往後的平日更難。

送禮能出錯的環節太多，即使立意慈愛，成效未必切中要害。參加交換禮物的人，大概心裡都有這個底，派對圖的是社交，大家只能盡量去看對方發自內心的慷慨，收到什麼東西盡量隨緣自在。但人性總會自己走上絕路，無論事前如何規範，活動裡難免有幾款禮物，怎麼看都像天道已滅，教人在歡慶的季節裡懷疑人性的本質，慨歎你不敢的大有人敢。

以惜福環保為名的交換是最折磨的一種。

惜福本來是個人的決志，東西盡量少買，堪用的繼續用，最是環保，這是一回事；但是要把別人捨不得丟的東西當禮物收下來，卻是另外一回事。收這種禮物，有很大機會在打開包裝的瞬間，發現東西不堪到只能拿去回收，卻又礙於聖誕精神不好發作滿腔驚嚇，也不方便質疑對方是否秉持鄙念，存心把自己不敢丟的長物，送給別人去惜福，就算要丟也是別人去折墮。隨之湧生的猜疑和憤惱遍布虛空，耶穌或許必須再誕生八次才救贖得完，但只要派對尚未結束，苦主就是那件鄙物的法定持有人，任意丟出窗外是要招來環保局開單的，他只能繼續說愛，說歡喜，說承蒙祝福，說聖誕快樂，直到終於可以帶著東西回家思考人生究竟為何啊為何。

看著一眾與會者在驚愕中勉力自持，我不禁想起被狼煙召到周幽王跟前去的諸侯，差只差在大家報到前沒料到會變成周幽王的場子而已，本來還以為是去和趣味相投的友人們溫馨歡聚呢，要不然收工當然回家追劇，週末當然攤在沙發給貓踩，冷風颼颼，真要出門做環保還不如去三芝淨灘。是說，如果不出席這些活動，倒也沒機會發現原來主揪是個周幽王，這些稀奇古怪的都會情節，每次回老家在餐桌上說出來配飯，大家都聽得和樂融融，或許也是一種「道成了肉身，住在我們中間」吧，聖誕精神經過交換禮物這樣周折的延展以後，最終還能結出溫馨的果，神蹟到底是有的。

輯四

放空日常

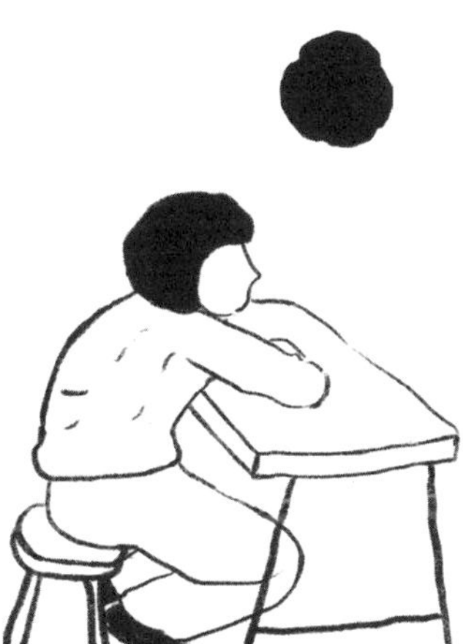

人權底線

我在家裡領了一個新職事，名稱是「人權底線」，負責把守家中人權的底線，相對於貓權。陳小姐代表家中50％投票人口推舉我，而我身為另外50％投票人口，基於自身權益只好附議。

所有職事的設立都是先有需求，無論檯面上或檯面下。這事源自我離家旅行三週，回到家以後發現吃飯很難，餐桌本來就小，擺上碗筷還要坐兩隻貓，四顆掠食性動物的圓瞳孔近距離瞪著人看，太壓迫。我說不行不行，貓都要下桌去，至少人吃飯的時候不能上來。陳小姐居然大表贊同，說我捍衛了人類的基本權利，我甚感驚訝，沒想到家奴也曉得自己的權益受到侵犯，這些侵門踏戶的獸行可都在她眼皮底下發展出來的。

說「家奴」好像有點過分，但想到她常要躲著刷牙，又覺得還好。陳小姐幾年前有次刷牙時，心想反正另一隻手空著也是空著，就去拍美咪的屁股，想給在屋裡流浪的天涯孤女一點溫情。兩次三次下來貓當然被制約了，一聽到她拿牙刷擠牙膏，就迫切前來等拍，拍到陳小姐不得不回浴室吐泡泡，貓還要狂喵要求繼續。陳小姐為此深感壓力，我耳聞過不少情緒性的還價發言，「已經兩百下了！」「好啦再多五十！」「沒有人一直拍的！」，後來甚至演變成躲在浴室悄聲偷刷，再出來告訴美咪「沒有，我今天已經刷完牙了！」頗有乳母應付不了小主子的大胃洞，哀求放過老身的氣氛。

一直以來，我對於家奴退讓生活品質的決定甚少干涉，即使偶爾目睹她處境悲涼可比風中蟾蜍，仍然相信人應該尊重另一個人的自由意志。豈料唇亡齒寒，我終於落得吃飯夾不到豆腐的下場，只好奮起勇抗強權，一呼百諾（50%＋50%＝100%），帶領全家進入啟蒙時代，擺脫「人權貓授」的思想。

接著，冬天就來了。家裡兩隻老男貓的氣管都不好，冷不得，我開始給貓添熱水，想厚待長者，每天燒水裝水多了幾個動作。陳小姐見到，問我是否怠忽職守，退讓了人權底線，這大概是以法學精神在事理上檢討我有沒有監守自盜，因為她一臉興味盎然，絲毫不像在乎自己的權益底線究竟位移多少。

我孤獨的魂魄在天靈蓋上嘆了一口氣。這條熱水SOP的確退讓了一點點人權，煮水器和熱水瓶舉來舉去還是有點重，令我組裝鬆散的右手腕骨隱隱作痛，可是礙著職稱，我不能認罪啊！人權孤軍要是潰散，這屋裡的尊嚴只能屬於貓了，成何體統？

我開水洗手避開陳小姐的質詢，心裡卻想起另一件事。朋友說，醫生交待別太寵貓，別僵著奇怪的姿勢抱貓太久，傷筋骨。聽話當時覺得有道理，我在心裡暗記著要照做，誰知道過不久有隻貓打噴嚏流眼淚，到腿上來討體溫，我駝著瘦腰不敢動，想起那道醫囑，心裡竟然接著冒出一句話：人要是不能為關愛的對象受點傷，健健康康的有什麼意思？

骨子裡有這種信念，比給貓喝熱水嚴重多了，我慷慨赴任的時候，完全忘記有這個症頭，現在看起來，我擔這職務有點像黑道洗白，永遠洗不白。好消息是，陳小姐大概不會計較我有多麼監守自盜，她在貓毛海裡浮沉也不是一天兩天，應該早就看透，這個人權底線我能爭得多少是多少，其餘時候兩個人類只能一起含淚讚貓真可愛。而且貓真的很可愛，尊嚴只屬於貓，其實就是養貓之家的體統。

這些話是私底下說給人聽的，在貓面前我當然還要堅稱人權底線。總得試試。

糰糰的早餐

天亮以前醒來，看到糰糰睡在身側，非常幸福。他近來樂意陪睡，甚至只要見我靠上床頭，就趕過來用半身壓住我，不讓走。小動物的親近讓我歡喜，每一次都像受讚我是無害有益的生物。

糰糰多半背對我側臥，耳朵又有點重，很少在第一時間發現我醒來，但他很快就會知道，因為我忍不住不拿手或腳去貼他後背，輕輕慢慢靠上去，到隱約能感受他體溫的程度。能維持這種連貼再睡回去最是理想，但實現理想的機會不多，擱上人腳人手的貓一下就醒。我沉迷於觀察他慢慢恢復神智的後腦勺，有時候嘆口氣又睡回去，有時候乾脆轉過來看我什麼情況，太可愛。心裡這樣甜一下，人就全醒了。

我一開燈滑手機，他也跟著全醒。我幾乎能夠想像，糰糰的小腦袋有多麼苦於判定「人類起床程序」，我反覆變化的起床步驟對他來說太難歸納。四點醒來，五點醒來，六點醒來，和鬧鐘響了才醒來，各有不同步驟。先滑手機，或先摸貓，或滑完摸完又熄燈試著再睡。他唯一確知的是，我將在長短不一的步驟結束後下床走向貓碗，而他決志趕上每個第一時間，飛跳落地預備開飯。他已經用大半生驗證，人類醒來與貓族進食是必然的線性因果。我在凌晨微光裡伸手去抓電話，他抬頭或起身走到我橫置的面前（相距十公分的童叟無欺人貓面對面）確認我精神狀態時，眼中流露的是他對當日線性因果的進程抱持過度積極樂觀的判斷。簡稱誤判。他慣於誤判我即將起床。

我宣告他誤判的方式，是抬手去摸他頭毛。糰糰領受摸頭的樣子很得人疼，不避不退，定定看著手來，穩穩領摸。摸兩下他就明白局勢，人手既然摸在貓頭上，沒用來掀被子撐床面，那是沒有起身的意思。貓能趴就不站，轉身蹲成母雞，繼續拿後腦勺對我。之前珠珠睡在手邊的時候，蹲點的算計以人手能拍貓屁為原則，糰糰不愛拍屁，可能骨刺多易痠痛，他的蹲點成全的是後腦勺。貓的後頸肉原來和人一樣有兩道筋，我給人洗頭的時候也特別享受捏脖子。

貓脖子撥著撥著，指尖漸漸能感到極薄一層油脂，不免想起這隻小公貓很香，埋上去聞，舒心寧神。貓察覺到人有動靜，再次升起積極樂觀，糰糰偶爾積極起來會犯喘，貓喘起來像乾咳，聽他喘，我的肺葉心室也像等著一起從嘴裡飛出來，他卻是自在，喘完繼續起身來到我面前，看這會側身支頭的我，像是距離下床更近一步了。

天色逐漸開光，人貓相對情勢也隨著變化。貓的早餐絕大多數在天光下進行，對糰糰來說這是線性因果裡的一截。天亮以後，貓的耐性蒸散如朝露，開始壓扁聲線以喉底啞聲喊話，一句厲過一句，意志堅決，我沒遇過第二隻像他這樣對人類諄諄善誨的貓。我對貓不全是退讓，很早就明白人若是過不好，貓更沒得指望日子能好，但我會心軟，情意上心的時候看著灰鼠似的小老頭這樣努力餐飯，不能不敬他惜他三分，只好下床開罐。他肯吃就讓他吃吧，他能多過半年一年，就配合他半年一年吧。三年五年也可以啦，如果他想。唉我會累死。

人有個對象可以說，你想多久我就多久，是非常富裕的瞬間，偶爾發生的時候簡直流油。那種富裕不來自獲得，而是自產，像在數學不等式裡面放個「大於」符號，以供應永遠大於需要為真理。人類淒慘之處往往在於認不清那個永遠只存在那個瞬間。永遠會消逝，瞬間卻分秒新生，新生的瞬間才是富裕得以幻衍處。貓在人身上屢屢占勝，顯然得益於天生沒衛生兼不識字，不知道永遠兩個字怎麼說怎麼問，天生意志用來關注的都是眼前人瞬間的情意，在富裕閃現的時刻，縱奔迎去。他零零碎碎叼走的那些，拚湊而成的斷續永遠，比人心渺望的版本更長更全。世間畢竟有這種全靠無知成就的幸福，只是人類難以沾染。（人語中那八萬四千條針對幸福的定義啊。）

糰糰要是真的再活五年，早餐可能要提前成宵夜了。

醃著溏心蛋用玻璃便當盒

人如何快速認知當下的生存狀態？只要在你家地板上摔破一個醃著溏心蛋的玻璃便當盒就可以。

整體生存狀體的首先，我很高興自己和貓都活著。貓已經在災難的第一瞬間噴射而去，讚美貓科動物肌肉，讚美禽獸逃亡本能，阿門。我不敢動，彎身探看兩條腿，沒噴血，再抬頭看貓的飛行方向，也沒留下血路。非常好，人平時對著生活唉爸叫母，但原來只要看到自己赤腳踩在碎玻璃與醬油灘裡還歸欉好好，已經足以回頭感恩活著真好。

始終，活著的另一面是無情的現實，我要是不擦出一片生天，這輩子就只能活在這灘黑色玻璃海裡。擦地之前必須先排除液體裡的固體，我得決定先撿玻璃還是先撿蛋。兩種一起撿絕對不在選項中，因為去處不同，碎玻璃要丟掉，蛋要撿回來吃啊拜託，自由放牧的雞蛋要特地私訊去訂，醬油貴三三，還加了空運來台的金門高粱一起滾，然後我這樣一分鐘幾十萬妄念的人，難得乖乖看著計時器煮蛋、鎮冰水、剝蛋殼、打涼醬汁、浸上二十四小時才能吃，心血啊心血，那蛋怎麼能丟？掉進貓砂盆都要搶在五秒內撿回來洗乾淨。危急中不忘環保惜福，我有美德，難怪大難不死。

房子小有個好處，遇上這一朝這一日，雙腳不動就能摸到廚房每一面牆，想要什麼都搆得到，拿盤子裝蛋，找袋子裝碎玻璃，扯抹布擦地，終於清出一塊空地可以站過去，我才發現地板有血。腳掌底有個小傷口，這種小割傷廚房老手並不放在眼裡，但流血是個麻煩，一動一朵血花，俗話會說你無法污染一缸髒水，可能是沒有試過用血，一地醬油和暈著血跡的一地醬油，視覺效果還是非常不同。人急著應付麻煩的當下，原來會把自己的流血看成另一樁需要應付的麻煩，我一邊擦地一邊懊惱著血還不止，彷彿我並不是個正在從痛處流喪健康福祉的人，只是一個排放出懸浮液體污染地板的元凶。

咦等一下，那地板不是號稱耐磨又防水嗎？我這大難不死的美德人士幹嘛把地板看得比自己珍貴？

頓悟這點好像應該坐地大哭，但不能，因為玻璃碎還沒擦完。在有貓的屋簷下思考人的福祉似乎有點存在主義，我的哲學思辨幼苗很快就攀上宗教的領空，要證實自我福祉的正當性很難，但是相信家貓對於地板清潔的需求優先於我的福祉非常容易。玻璃碎屑不易察覺，地毯式來回擦拭七八趟以後，腦中那幅貓誤食玻璃而肚破腸流的想像畫面，才終於消失。我挺直腰椎與膝蓋，撥開汗濕在額上的亂髮，解除了緊急危機，該是有空思考剛才的哲學議題的時候，但那一瞬間，全身上下的細胞都在說，水，先給我水。於是我喝了水，殊不知頭腦在水分回填以後，非但沒有開始思考，反而軟癱下來對我說，好了我累了不要想了，該是休息的時候了，待會要吃什麼？

「待會要吃什麼？」

這句熟悉的話一出來，我忽然明白了弱勢勞動力不易翻身的迴圈，只要反覆交替密集勞動狀態與飲水進食，就可以防止頭腦想清楚很多事，尤其是那些貌似可以等的東西，例如福祉。原來，有些人在有貓的屋簷下難以翻身，有些人在別的屋簷下從沒打算翻身，是因為很難有機會把自己的福祉正義想清楚，無論一路上曾經閃過多少質疑。

誰能料到，摔破一盒溏心蛋會帶來這些啟發。大家有機會不妨試試，記得用玻璃盒裝，而且蛋要撿回來吃。

螞蝗、桑蠶、陸龜、與軍情五處

因為在公眾場合工作效率比較高，我到處開發寫功課的地方。例如咖啡廳。人來人往是最好的，思緒的新陳代謝特別明快，但咖啡廳吵，坐兩小時能聽見八場世間情，有浪漫甜蜜，有倫理親情，還有總裁做生意。不知道為什麼，在公眾場合用電話講生意的商業菁英，音量和氣度特別像演世間情。定性不夠的時候，這種環境真是坐不住，人出門的時候可以掂忖錢帶得夠不夠，卻永遠說不準需要預備多少定力，才應付得了那天的消磨。我每次認敗打包離開咖啡廳的時候，都想養一隻《噤界》裡的怪獸，吃光世上所有噪音源。

只好去圖書館，圖書館供電供水供上網，而且相對安靜許多，閱覽群眾當中還有不少為考試埋頭苦讀的人，為整體能量添注強大的專注意志，加上禁止飲食，一併免除食物氣味和包裝窸窣，理論上是非常理想的工作環境，對產能大有助益。理論上。

實際上，牛牽到圖書館還是牛，沒定性的人不為噪音煩惱，自然要尋別的煩惱。我算不上最典型的閱覽民眾，人家看書，我卻對著電腦，為了接上電源只好跟著坐進螞蟥堆裡。群聚在閱覽區專心啃嚙紙本的民眾像盤桑蠶，我們這些3C用家卻是螞蝗，為了插座，沾附在閱覽室各個牆邊柱角，蠕而不動，吸電像吸血。

有些螞蝗是來追劇的。我在圖書館寫一下午功課，旁邊的大嬸看一下午的宮鬥，還補了整袋衣服。衣服總共有幾件不知道，但她每翻出一件，都有種從禮帽抓出兔子來的氣氛：還有？還有！各位觀眾，鑼鼓點來一下，登登登登登，我。還。有！掌聲鼓勵鼓勵！我身為唯一的觀眾，內心驚嘆這戶人家不知得穿多久掉扣子破口袋的衣服，才等到她補一次。

還有個夏日常見的婆婆，不是螞蝗，也不是桑蠶，她是陸龜，來吹冷氣散步的，大概是熱天沒辦法逛公園。她不僅梭巡的速度近似陸龜，伸頭探看的姿態也像，每次她背著雙手，款擺蛇頸看向我螢幕的時候，我背脊寒毛都要彈一下，本來一般生人無端靠近我是要狠狠瞪走的，遇上這個煉成人形的龜仙婆婆，我卻莫明無膽，怕對上眼神會被白白看透什麼乖舛前程洩漏個資。但是，陸龜婆婆和螞蝗大嬸，並不是圖書館裡最積極使用非圖書資源的案例，我見過最有勇有謀的榨取，是一老一少兩個男人。

老的那個非常老，白鬚痀僂，但是服飾乾淨尋常，不顯得貧困。他桌上擺的從來不是書籍雜誌，而是衛生紙，從廁所扯下來觔斗雲那麼大一團的衛生紙，攤在桌面上，慢慢一截截撕下來，折好，壓平，疊起。像從前觀光區裡，賣一疊衛生紙五塊錢當門票的廁所收費員，但他當然不是圖書館雇來看廁所的，他是要帶回家擦嘴擦屁股的。都已經走到人生終段了，這人尋求的滿足，竟還建立在這種便宜上面。這是跟著窮姓啊，這個國家的選民不知還要過多久，才能不聽到「賺大錢」就歡喜三昧，想著不免喪氣。

最損耗我工作效能的，是個年輕人。他一來到，先在桌面上解壓縮出整團糾結的延長線，如字如義的解壓縮，unzip，那一團本來塞在背包裡的東西，脫離束縛之後，隨著電線本身的塑膠彈性，緩緩延展開來，占地體積增大20%左右，而且帶著音效。台語用「哩哩扣扣」概稱瑣碎物事，原來是從聲音來的，那團延長線壓縮檔，掛著各種可能出現在阿宅座位上的行頭：

手機一、手機二、小平板、大平板，行動電源、充電插頭、MP3播放器、UBS集線器、變壓器，幾條黃藍白紅色充電線穿插纏繞，連成散亂卻均置的結構，接上筆電以後橫跨兩個座位，儼然微型科技中心，有種英國軍情五處派他來遠端候令發射飛彈的氣氛。但軍情五處配給他的宿舍是沒供電嗎？

他坐下來之前對我笑，像對自己人打招呼。我沒辦法笑回去，因為陷入理則思辨的流沙。都是來圖書館接電工作，我和他，是程度上的不同，還是本質上的不同呢？這麼懂得籌謀資源，是純種人類吧？想到這裡，他果然運用起精密的人體肌肉，帶動右側的股骨與脛骨抖了起來，天地滄海為之震動，螞蝗頓失吸力，只能倉皇收拾書包離開。人類的股骨和脛骨除了用來走路，還能宣示地盤，生物等級真的很高。

在外尋求作業效率提升不果，只好回家，回家至少安靜，而且貓不會抖腿。貓只是會來踩鍵盤而已。不能不給踩，家貓可是等級高於人類的生物，檔案要是發生意外，ctrl+z回來就好，萬一真救不回來，也不過是寒寒酸酸兩三行，擦掉重寫未必不是好事。至於作業效率，只能明天再出門碰運氣了，說不定軍情五處受召回國匯報脫歐後與台灣建交學習拚經濟的可能性呢！

去擎天崗

最適合上擎天崗的季節在早春或晚秋，太陽不毒，山風不冷。而且最好上午就到，早晨的天空最清最藍，近中午就開始濛了，不過，要是濛了以後才上去，沒得比較倒也無從遺憾，天氣晴朗已經值得萬分慶幸。

也沒什麼特別好做的事。大草原上除了人和牛，偶爾有些狗，其餘都是天空，儘管常常帶著書上去，到最後看的都是天空。草原上的雲似乎飛得特別快，也許是因為人難得靜止，看著任何外物的移動都像奔走。人聲的來去也快，前頭來的喧嘩，很快就飄到後頭去了，在原地的時常只剩自己。雖然人生的實貌向來就是剩下自己，但是剩在有點海拔的草原上，和剩在盆地底端的自己，總是不同。

台北就在山腳下，說不上遠，看得到林立在灰霧裡的樓廈高高低低。據說從五樓往下看，是最令人類感到恐懼的高度，這種從山頂依稀望見城市地景的高度，倒是我最感覺到脫身的距離。知道往那個方向去，有幾百萬張與我相似的臉，在房舍道路間蠕蠕奮動，而我此刻不在其中，我在草原這邊的暫停裡，這大概是最討喜的一種事實擺在眼前。來到這裡來的人多少都圖這個吧？來吸口氣，或吐口氣，想走路練身體的大概一早就從往冷水坑或風櫃嘴前進了。

這麼大一片草原，難免叫人心生布置野餐的浪漫念頭，但擎天崗可不是大安森林公園，想要把規模像樣的野餐食物從停車場扛上草原，相當考驗個人的天真和體力，我小試幾次以後，就決定往後只帶開水和充飢點心，連咖啡都因為太利尿不得不斷然捨棄，嚮往吃喝熱鬧的人還是該往竹子湖，或花多的地方去。這也是擎天崗的好處之一，怕餓怕悶的人在這裡待不久，喧嘩一陣就會離開，潮來潮退。

躺著就好了。仰躺看雲在天上，側躺看山在雲底，聽遠方的人聲隨著山徑上下忽明忽滅，在腦袋裡反覆排列拆解幾個只想想通，沒想說出來的句子。人在山上，或記起山上的時候，特別感到沒必要把腦袋裡的句子都說出來，倒不是沒有適合的聽眾，只是，語言始終屬於山腳下灰霧底的人群，在面對天地的時候，再精巧的人話都難免平添滯濁。

人生偶爾需要高度，物理性的也好。

請問有到漁人碼頭嗎

前陣子交出一份龐大的譯稿後，很想要放個假，本來我依照過去的習性，打算進城逛街看點五花十色，沒想到出了家門卻只覺得曬到冬天的太陽真好，不如搭公車到漁人碼頭散散步。

我看不懂站牌，乾脆跑到靠站的公車門前喊：「請問有到漁人碼頭嗎？」沒有回答，司機的臉朝向兩點鐘方向，眼神空洞似乎沒聽見我的問題。我怕是自己口齒不清，加大音量再問一次，依舊沒有回音，司機維持相同的呆滯，像是盯著只有他看得到的鬼魂。我終於領悟他不是沒聽見，是不想答，我笑出來，說「好啦沒關係」把身體收回車外，這句他倒是有回應，立即轉頭入檔起步，嗶啦啦關上車門。

等下一班車的時候，我挺訝異自己竟然只是覺得好笑，笑那司機居然發展出這等裝死的招數，逃避工作上的厭惡環節。兩年前的我可能會非常生氣，指責司機不夠敬業，覺得誰不是在為五斗米折腰呢，你憑什麼擺爛，還不好好打起精神把腰折斷！我這會是吃了什麼仙桃佛果，居然有血有淚優先同情起他必須在這壅塞爭搶的路徑上鎮日來回的人生。要是我在他的位置，工作內容就是在流竄的機車群中行駛巨型車輛，而且隨時要切換車道靠站離站，可能每天到公司打完卡就哭到下班。鬱傷肝躁傷心哪，司機先生真是累了。

那天 PM2.5 的監測數值是紅字，淡水河口的天空灰濛濛，朦朧的陽光倒是因此更為親人，我坐在觀景平台羨海風，看著觀音山與關渡橋，聽著往來的遊客言不及義，喝完一杯榛果拿鐵。買那杯咖啡的時候，店員本來試圖動搖我拒絕減糖的決定，「押兩下好不好？」「我要全糖」「全糖是四下，還是我幫你押三下？」「不要，我要四下」我是來度假的。喝完咖啡，我在陽光下走過情人橋，準備搭車回家的路上，竟覺得休息夠了，可以再接點新工作。察覺到這點，我停下腳步認真驚異了一秒，這是前所未有的事，我一直以為能夠放鬆的前提，是要坐上飛機遠遠離開這座掐人脖子的島嶼，如今一座市郊的碼頭居然能夠畢其功於半晌，我內在平衡的水位真是上升到今生少見的高點了。

我曾經隨著這個世界的引導，追求功利社會中的表現，卻沒有想到在放棄這份上進心之後，意外得回另一種優渥。我至今仍不能明確解釋，這兩件事情之間有著多麼曲折的因果關係，從朝九晚五的我來到現在宅居寫字的我，沒有飢餓沒有窘迫，這顯然不是手背翻過來就是手心那樣簡單，其中不知承接過多少來自近親遠識的慷慨成全。這眾多的慷慨，令我在慷慨上富裕起來，富裕到我站在公車門外的瞬間，面對駕駛座上的貧愁，竟然自動流瀉出意外的寬和與理解。

所謂財富的流動，我們一向跟著經濟學家只看能夠量化為金錢的那些，然而這世間需要流動的財富豈止是那些？只不過無論是錢不是錢，我們都一併慳吝了。

搭高鐵返鄉的自得其樂

老家在台南，我經常需要往返南北，高鐵是最省神的方式。

我喜歡搭高鐵，我一直都喜歡各種交通工具，最初是因為幼稚，想要蒐集乘坐經驗，長大以後除了搭乘的樂趣，還有一種偷閒的放鬆感。做為一個自重負責的成人，生活無時無刻需要打點，抬起左腳的同時就得盤算右腳的落處，唯獨乘車那段時間是空檔，不管我的聲音是不是在笑，車子或飛機肯定正在飆，在這段時間裡，去向是定局，到站以前，無謂綢繆，沒得著力，是生活裡名正言順的下課十分鐘，我很珍惜。

我的南下行程通常從早上開始，趕在十點半以前捷運到站，上到北車大廳，去買麥當勞早餐，專挑「玉面公子」的隊伍排。這名字是我私下對他的稱呼，觀賞他散發著蒼冷氣息的面孔，看似消頹卻毫無頓滯的點餐流程，令我感到巧遇同類的可靠親切，內心無比激賞。輪到我的時候，我會以（由於早起趕車而）散發死亡氣息的低頻聲調，一字不多，而且精準安排斷句地，說出關鍵字：「吉事蛋堡，要薯餅，要番茄醬，加二十二元升級冰拿鐵，少冰」，與他共同譜一曲完美精準的冷靜點餐之舞。

下課時間就是要吃這些開心東西，高糖高鈉高油高澱粉的早餐，特別能夠慰撫早起趕車的疲憊，有誰吃麥當勞是為了營養？當然是為了開心！薯餅和蕃茄醬是要手動夾進蛋堡裡的（讚美座位前方的小桌板！），這滋味可比薯條沾聖代高明許多，我懂，我懂，真假美而美也都懂，但是把薯餅帶來台灣的麥當勞居然一直沒懂，真奇怪。

趕早抵達北車，有時候並不為了麥當勞，而是台鐵的八角素食便當。別小看這個便當，有白飯，有足夠比例的蛋白質，有小菜，還有兩種以上新鮮時蔬，它可是個一般便當！說「一般」是讚美的意思，它隔壁的橢圓素食便當，相對之下就很不一般，雜糧飯上面只鋪了三色蔬菜和小菜，使我食存五觀，覺知正念，太精進。似乎多數素食同好也都熱愛一般口味，如果不是早早抵達，很難買得到這款便當。請不必質疑一個要回台南老家吃午餐的人，跟人家排什麼鐵路便當，我宅居懨悶想要假裝去郊遊不行嗎？要是我能血壓波瀾不驚地，訂到免七七四十九次分段的，有座位的普悠瑪或自強號車票，我也想要扒著便當的時候，穿過的是花東的綠野啊！

吃完東西就是娛樂時間。看書玩手機的時候，特別容易留意到座椅扶手的存在，理論上兩人共一支，實際上我用他用都不公平。鄰座這回事，有時候求人得人，有時求人得鬼，一上來就老大不客氣占用扶手，擠迫左右領空，我也只好隨順累劫宿緣，配合對方的福德業報，有時砥礪忍辱，有時豎毛弓背。運勢非常好的時候，難得能遇上肢體過分拘謹的鄰座，連侵犯扶手上空都不好意思，我便可滿心慶幸，報以相同的拘謹克己。十年修得同船渡，要修得一個共夾空氣薄壁的同乘君子，大概要八千年。

這一趟回去過母親節的時候，身旁坐的是個骨架粗大的婦人，她一鑽進三人座的中間位置，就萬分客氣地緊夾雙臂滑起手機，因為螢幕和字體實在太大，輕易就能瞄到她正在求職網站開啟履歷，目標職缺是行政總務人員，而且年紀大我將近一輪。我回想起從前反覆搜尋的，也是同一個求職類別，不由得收拾起自己的身體，朝反方向的車窗貼去，看見一個需要盡可能保住人生餘裕的人，謹慎地藏手縮腳，讓我義無反顧想要為她擴充這一程車的個人防空領域。著實幸好她沒一上來就拿長髮掃我，用手肘頂我，讓我吞不下一口氣，卻又不忍心出那口氣，悶到胸口帶傷回家要吃行氣散。

高鐵上的收訊不穩定，不太方便滑手機，但我絲毫不介意，我可以沒有網路，五條命炸完糖果就收手沒關係。我甚至誠心懇祈宇宙各級相關單位，不要給他穩！Let it 斷！一程高鐵最多不過兩個鐘頭，但是車廂裡的各路老總老董，就非要在這車廂內進行他們經營管理大事業的動作，一下打去叫林小姐處理合約，一下接到那個誰打來問魚要不要先退冰，我被迫共同參與過的電話內容，從來沒有一通是關於皇帝駕崩，或是終止核彈發射之類的燃眉之急。這些人簡直就是命懸一條電話線，非講不可，不曉得他們搭飛機的時候，會不會去跟空姐借話筒，打到前面找機長聊。

聽著別人講電話，幻想自己能去對哪個立委陳情，提倡「車廂安寧保障法及施行細節」，列車很快就會接近台南。到站前我得抓緊時間翻閱座位前方的高鐵雜誌，雜誌每月一期，我每次南下都會遇上新刊，當然要關切關切，看看人家下了高鐵都吃些什麼，要是看到我想吃的食物，又碰巧位於台南高雄台北，因為地理方位多少知道一點，就能調出腦中的馬路影像資料，幻想走訪一趟去假吃。左營的燒餅我已經讀到兩次，也假吃兩次了，又滿足又空虛。

最重要的是刊末的販售頁面，必須趟趟確認，高鐵沒有趁著我宅在家的時候，偷偷新增什麼了不起的餐飲選項或紀念品，比照搭機閱讀空中免稅品雜誌的縝密，確保沒有任何該買的東西漏了買，接著慨嘆果然沒什麼好買，到這裡就算完成這趟車程的各大要點，下車前可以稍微推高窗簾，看看嘉南平原的天空，這趟有沒有讓我遇上 PM2.5，做好心理準備。主動帶著肺臟裡無數的小肺泡，平日濾完台北的空汙，休假再回台南一起幫忙濾淨另一款，便是遊子對家鄉最平凡而無價的貢獻了。

機車台南

機車終究還是在台南移動的王道。這裡說的台南，不是縣市合併之後的範圍，嚴格來說，我只是廣義的台南人，永康以北，仁德以南，都不算老台南人眼裡的台南。

所以台南其實很小，沒有機車到不了的地方，甚至有些巷弄，開車反而不好去。我自從北上謀職以後，已經好多年不曾在台南市騎車，今年春天為了辦點瑣事，安排了一個下午的曝曬機車行程，重拾南部魂。

車我得去租，車行多半位於台南火車站後站，我是頭一次從高鐵台南站，轉乘台鐵沙崙線到市區。哎呦喂，這條線實在有點可愛，那藍色的自動售票機，那驗票閘口，那月台，還有那列車長，畫面竟然好像日本，車廂裡多半是遊客，各種口音和行囊，空氣熱鬧繽紛，我忍不住生出一種偽關西鐵道小旅行的好心情。

台南後站一出來，就能看到成排的扛棒，寫著「機車出租」。租車時可以用台語問：「頭家娘，啊你這歐兜拜是安怎算？」瞬間提升在地親切感，或用國語問「請問機車出租多少錢？」保持外來遊客的身分。在南部說字正腔圓的國語，會大幅減少商家熱情攀談的意願，我一向看當時心情，來決定說台語說國語，要親熱還是要孤僻。那天我說了國語，午後一點鐘的太陽讓我對任何有溫度的事情都沒興趣。

安全帽店裡有得借，但是防曬就要靠自己，本來呢，每逢春秋冬三季，我從南下高鐵車廂，舉步踏上台南站陽光燦爛的月台時，十次有八次會罵自己燕桃，因為穿太多。外地人來台南穿太多，可以說是不諳氣候；土生土長的台南人回台南還穿太多，就是燕桃。我這趟不例外又誤穿了長袖襯衫，對應路上行人的短T人字拖，內心本來十分懊悔，沒想到騎車時用來擋太陽剛剛好。

台南市中心的街道都是老城的舊規模，習慣棋盤式城市交通思維的人，在台南很有機會停在路邊揮汗慶幸智慧型手機的問世，因為可以查地圖還可以確認位置。我剛考上汽車駕照的時候，媽媽慎重訓示，千萬要當心「民生綠園」，也就是現在叫做「湯德章紀念公園」的圓環，據說村裡某某阿姨曾經乾脆在車流中停下來，哭著打電話請家人來幫她開走。那個圓環連結多達七個路口，圓周卻很小，隨時有車輛切入切出，穿插以自由奔放的機車穿梭，萬一駕駛人不夠冷靜機靈，開上錯誤的出口，這一路會去到哪裡，端看個人福德因緣，台南很多時候並不是個你以為前面右轉右轉再右轉，就能繞一圈回到原點的城市。

我把正事辦完，想著人既然來到市中心，乾脆繞進西門路，去逛逛近來台南最令我傾心的景點，政大書城。我對西門路的感情很特別，一般遊客來到這附近走訪的吃喝名店，都不在我記憶裡，從小爸爸到台南市採買藥品，或是阿嬤回安平探親，回到家有時候會語帶炫耀，說晚餐吃不下了，因為剛剛去過沙卡里巴或水仙宮，我一向羨慕，卻從沒嚐過。

我記得的是，非常偶爾，在我上完音樂課以後，媽媽會帶我從功學社走到「小西腳」等客運回家，因為離起站近，空位多，不必一路站回家。從小西腳沿著西門路往北走，接近中正路口的前後，有許多銀樓。銀樓對上一輩的人好重要，私房錢攢著攢著有點厚度了，就拿去陌生銀樓換一卡金戒，體積輕巧，不落賬面，天地不知。跟著大人在西門路走幾回，終於記住方向，之後有得自己到台南上鋼琴課的時候，西門路和中正路口成為我最熟悉的放風區域，時間充裕可以去到中正路底逛三商和中國城，時間有限就速速在圓典百貨繞幾圈，聞聞空調裡混雜著化妝品與新衣的味道，觀察城裡的人都用什麼裝扮女人。

幾十年後回到西門路，意外發現百貨原址變成寬廣的書城，非常驚喜。而且我不走正門，偏愛從一樓巨型文具百貨進去，先狂吸幾口文具店的氣味，再從連通階梯走下B1，進到書局。這種從文具店到書店的嗅覺過度，精神上為我帶來回春的效果，彷彿又置身中學時代放學後的空氣。

相對於以引領文化潮流自居的巨型連鎖書局，政大書城的內裝十分樸素，但是簡單明亮得討喜，而且出乎意料地豪爽，我從沒見過這種歡迎客人統統坐下來慢慢讀的霸氣。書局裡有個寬闊的階台，規模直逼圖書館閱覽區，讓人帶著書脫鞋上去，或坐沙發或席地，階台中央鋪著軟墊，讓幼童也能抱著童書，或閱讀中的家長小腿，在地上扭滾。這畫面在人類社會裡，是相當溫馨的文化生活景觀，難得能在台灣看見。

即使像我這種畏懼幼兒不可測性的母性低落人士，不適合進入脫鞋區閱讀，也可以在書籍陳列區裡，找到安靜的閱讀座位，幾組錯落分布的原木桌椅，溫度與線條對臀部和脊椎相當親善，坐在上面讀一段故事，覺得自己的市儈嘴臉好像褪去幾分。幾個中學生戴著耳機伏案寫作業，店員忙前忙後，也沒有驅趕的意思，在這書店裡，並不特別感覺到行銷的痕跡，但翻了半會書，很覺得自己果然樂在閱讀，挑兩本有意思的書買回家繼續看，只是剛好切合天生自然。

排在我前面結帳的大叔，早我幾階上到地面，我們走出書局大門，他用手上剛買的書，邊搧著臉，邊沿著騎樓走去。我袂上領巾和口罩去牽車，瞇著眼騎進曬人肉的陽光裡。這個時候，要是有人在我面前用些「人文底蘊」之類的名詞說台南，我大概會選擇用台語回他：「瞎咪蘊啦？哈哈你文青齁？」

雲

有些雲實在長得讓我想打天庭的1999，質問他們今天派出來這個到底會不會畫。

多數時候他們輪班輪得很好，各具風格專長，如果上面真有個畫師部門專門出來畫雲的話。部門難免派系，我估計巴洛克幫占大宗，天上才會動不動就擺出有什麼東西要出場的陣仗，好比某些山頂天際突然冒出的巨團，仔細看還緩緩湧動增生著，陽光在上面打得特別亮，像是雅典娜女神隨時要抓著盾牌戰矛從裡面衝出來幫某個肉腳人類對付蛇髮女妖。或雨剛下夠的時候，四周還一片暗朦，中間忽然卻有幾朵不知哪裡撿到槍的，自開天光當起

《夜巡》的男主角。巴洛克就是愛演。

宮崎駿派的充滿卡通感。成坨成團四散在天上，也不太動，像棉花。小時候問過大人很多次，雲是不是軟的？他們都說不是，水氣罷了，接不住人，我沒辦法相信，反覆問到終於長成願意絕望的年紀才肯停。到現在四十幾歲人，看到卡通雲還是會幼稚，必要暗自讚歎今天這個畫得好，是可能遇見白龍的日子。

鱗片似的碎雲是現代派，以近乎無機的規律重複散列，像剛開始要幫《大碗島的星期天下午》打底，但從頭到尾只會有那張底，或半張。說他近乎無機是因為到頭來飄移的隊伍終究會以有機的態度恣意演化成一片不知所雲，令我惆悵卻也鬆口氣，水玉點點之所以能可愛，就是因為無機而且可控，貌似規律的重複因子示現出不可控性的時候，少則不安多則瘋狂，像草間彌生的點點，我一見就覺得五內翻攪只想逃。

畫師也有完全停工的時候，前年秋天到大峽谷一帶玩，天上發白的只有飛機，偶爾有老鷹咻咻烏鴉嘎嘎，老半天等不到一片雲，沒有巴洛克沒有印象派，連個見習生不小心暈出幾道墨都沒有，藍天均勻得像用ＰＳ填滿的人工偽造。亞利桑那天庭畫雲部門的勞工休假規定顯然優於台灣天庭，嘖，洋人／仙好生懶散。

我果然習慣的還是台灣的勤於產出，求勤還要求精，才會看到天上亂畫一通的時候忍不住嘀咕。這樣也可以？怎麼會這邊灑一灘碎塊，那邊塗一片黑，中間夾著這些亂七八糟，說筆畫不是筆畫，說顏色不算顏色，到底有沒有心啊？誰准你出來亂畫的？

但就和大多數想打1999的事件一樣，我想完就沒力了，而且天庭畢竟不是1999可以接通的地方，到廟裡點香燒金可能才是有效的陳情管道，但確切聯絡窗口還得擲筊去問，好麻煩。接受雲相的無法無天，相對來說成為容易許多的選項，說不定真去擲筊也只是落得認清這是現實僅存的選項。雲這樣畫可以，那樣也可以，慎重也可以，任性也可以，叫人看了歡喜可以，苦悶可以，完全不知所謂莫名其妙也可以。反正頭頂那片什麼東西都包什麼傢伙都罩的天從來沒塌過，老早就表態在那裡，統統都可以。

我忽然，說不出，自己哪裡來那麼多不可以。

輯五 地球日常

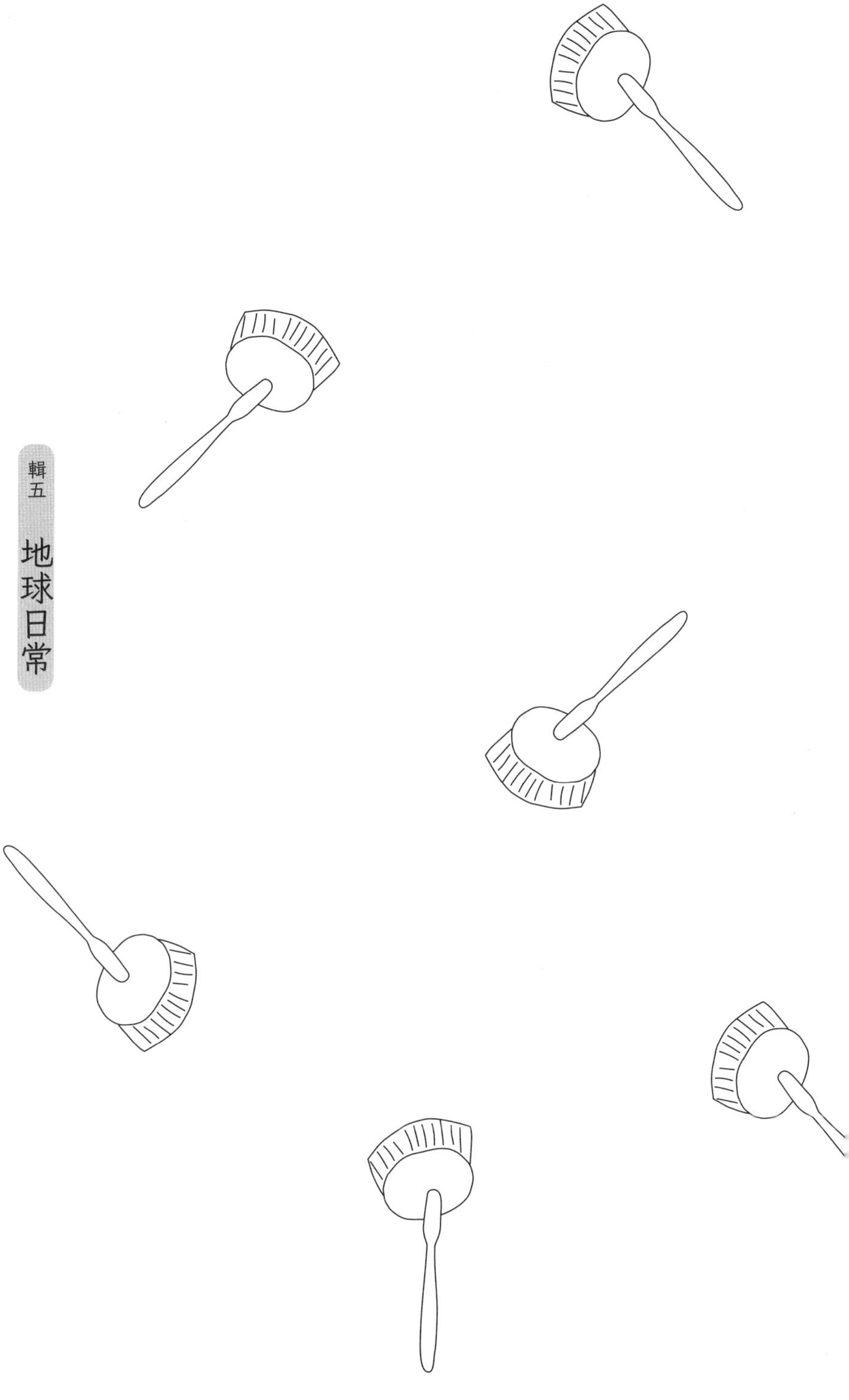

去日本玩不說日文

現在我到日本玩，除非必要，很少主動說日文。所謂「說日文」也不是真的能說，從前在學校上過日語選修，與老師不投緣，學習不甚上心，兩個學期終了還是寫不好「雜誌」的漢字，背起片假名就想哭，句型只記得「初次見面，我姓江」，以及「玫瑰花一支多少錢？」。

在台灣長大很難不誤以為自己懂一點日文，卡通和日劇我可是看得比吃飯認真，十幾年下來記住的單字不少，再加上學校裡學過的那點皮毛，自以為略懂略懂也很合理。早期去日本玩的時候，很以為盡量說日文是義務，莽莽撞撞地講，帶點賭博精神，用錯字怕唐突對方，說對了怕被誤以為自己人，連珠回我詳實且禮數周到的答覆，我還得為了聽不懂而道歉，害對方也不得不跟著道歉，實則內心暗嘆白講一場。開口說日文能順利過關的機率，根本像玩俄羅斯輪盤，我天生心虛，試過幾次就進入相當微妙的精神狀態，比起去玩，更像去親戚家做客，太過隨性怕親戚嫌自己不懂禮數，太過客氣又覺得悶憋，還不如留在家裡翹腿看宮崎駿就好。

我一度對於日本人的英文程度報以絕望。很久以前我曾經在電車月台上，隨意地用英文問了倚在車廂門邊玩手機的宅男那車是不是開往某地，他羞窘得瞬間全身泛紅，呃呃啊啊不能接話，我也抱歉到後背冒汗，連忙安撫他沒事沒事沒關係，口說手比，只差沒有幫他拍背順氣。之後為了避免造成「迷惑」，在日本我一直主動說著彆腳日文，一開口就自覺「失格」，事前心虛，事後氣虛。（「迷惑」＝添麻煩，「失格」＝不配，不稱）

但近幾年在日本行走，倒是有了很不同的觀感。絕大多數的服務業者，對於英文溝通都能冷靜以對，即使不能說整句英文的人，也都能根據經驗，吐出關鍵單字，或彎身從櫃底拿出一張預先寫好的中英日文對照，迅速消除尷尬空氣。前幾年我晚班機抵達東京，深夜走出上野車站累得不想找路，任性挑了一個套裝整潔貌似在地上班族的男人，用英文問他方向，他先以日文與身旁的同伴嘰哩咕嚕過後，接著以艾倫脫口秀一般流暢的英文為我指路，最後歡迎我來到日本，祝我玩得愉快。我的確非常愉快，好啦因為對方長得有點可愛，但這次流暢的問路經驗令我食髓知味，之後再在日本開口，一律先用英文。

因為我這個沒出息的傢伙，用英文才能精準控制自己的腰桿高低。我那貧瘠的日文知識和語感，無法判斷在什麼情境下，說哪一種對不起比較合適，哪一個單字會不會教他人尷尬，置自己於可笑的境地。去玩還要費這種神實在太冤，乾脆都用英文，英文對於我和日本人都是必修外文，我們站在相似的立場，同樣明白在各自的母語裡面，各種感謝與抱歉，英文都是 thank you 與 sorry，而原文用來妝點赤忱的各種華麗變格，就是加 very，一個 very 不夠，還可以加兩個。國中程度的英文，加上友善的眼神，自持的肢體動作，讓我不必再費勁說明我是外國人，我對日本有興趣，我聽不懂日文，也不懂日本的規矩，你若是有心接待，我也將以禮相對。

能把一句話講踏實，我才終於順氣，做回一個本來面目的遊客，不卑不亢。日本服務業的敬業精神很少令人失望，共同語言並不是相待的必要條件，很多時候我還是得回頭說拚裝日文，甚至打開手機翻譯軟體，和對方玩單字猜謎，但是當雙方都有意願溝通，結果總能皆大歡喜。極其偶爾遇上不願與外國遊客打交道的業者，我也能泰然尊重他的選擇，各懷平安，我既沒有非去觀光不可的國家，也不會有非走訪不可的店家，能讓我說出「拜託給我玩」的，只有我的貓。

在我想清楚「去日本該說什麼文」的同時，日本人也沒空等著，漸漸找回了主控權。近年來不小心走上熱門觀光路線的時候，我在諸多名店名館常常一開口，就被發配給中文店員，吃住買都以標準普通話進行。必須應付語言不通的外國旅客，跟不上標準應對流程，果然還是讓日本人感到吃力。聘僱熟悉當地禮節的在日中文人，的確是保障服務品質的聰明辦法，萬一遇上顧不得服務品質的案例，也省得煩心吧。

我不得不敬佩這份經營的用心，但是不確定自己喜歡這樣的方便。藥妝店的中文店員，一見我拿起酵素洗顏粉研究，便主動上來提醒我前面架上八盒裝的比較划算，臉上有著「我懂你」的表情，然而她並不懂，我沒有一買八盒的打算。她守在那裡，候的不是我，她和杜塞道夫國王大道整排名店的中文店員們一樣，都不是為我這一種中文旅客而設，偶爾用到她們的服務，我老覺得隱約占了什麼便宜，也像被店家套上了件他們才看得到的新衣，只是除了說謝，終究也沒得什麼好發作。

像我這樣，旅行只是為了瞧瞧人家過些甚麼日子的遊客，往後恐怕只有在郊野地方，才有機會彬彬有禮地說些英文，去迷惑日本人了。要是真的嚇到人家，我保證一定會好好鞠躬道歉的，我自從挺直了腰桿去玩以後，該彎的時候可是一向相當軟Q呢！

我在銀座逛街的時候有了重大發明

我可能因為去了這一趟東京，而成為一個優秀的發明家。

本來我是要去淺草的，去合羽橋道具街大逛特買。九年前去的時候，只是看了旅遊書的簡介，抱著隨意看看的心態安排了一個下午的時間，一到現場才發現是我想得太簡單，任何對廚房活動懷抱熱情的人，都不可能一個下午就逛得心滿意足。這裡於是成為我非常掛念的景點，一直等著有機會要再去一次。

所以我決定這次住在銀座，電車幾站就到淺草，又能見識一下繁華老區。誰知道一到現場，再度發現我又想得太簡單，任何對服飾文具雜貨懷抱熱情的人，都不可能一兩天就逛得心滿意足。我到頭來沒有去成合羽橋道具街，整整四天，密室逃脫無門似的，完全身陷銀座。

而且每天都幾乎渴死。你們知道在銀座逛街的時候，人有多容易渴死嗎？好比說我在伊東屋看文具，來到賣筆的樓層，忽然感覺到口乾，但在此同時眼前所見就是LAMY的二〇一六限定款的陳列台，霧面紫丁香色的鋼筆按照筆尖粗細，連同鋼珠筆原子筆一字排開，我知道LAMY台灣就有，而且紫色明明不是我最愛的顏色，但那陳列台顯然就是個奇門遁甲的陣眼，我忍不住直勾勾走前去試筆，筆畫一下內心立即驚呼，伊東屋拿這什麼紙給人試寫好重的心機啊！滑順細緻好吸墨卻不暈墨，我寫情書都沒用過這麼好的質料，根本什麼阿里不達的筆尖在上面寫起來都像王牌神筆。我停不下來，寫過一支又一支，換過一牌又一牌，簡直是一入陣眼就著了道，完全落入陣主的算計，一路試寫進到筆櫃最深處，盤算著哪一款可以買。口乾？口什麼乾？

只有在每一次結帳之後，把皮夾放回包包，重新挪移戰利品的在袋空間，那短暫清醒的數秒空檔，我會再度發現自己需要喝水。「這一棟逛完去買瓶飲料好了，剛剛一路走來好像沒看到這附近有便利店，沒關係，前面就是百貨公司，他樓下一定有喝的可以買。哎呀，這個樓層全是紙耶！我要買漂亮的和紙回去包我的手工皂！」如此一再，水還沒買到，火燒眉毛非看不可的商品卻總是先到，然後我就渴死了。

隔天我記取教訓，去逛 KITTE 的時候，在背包裡帶了一瓶水，誰知道也是了然。去之前我就知道 KITTE 前身是日本的郵政總局，走進穩重四方的白色建築以後，自然天光和寬敞的素直空間卻帶來意外的歡喜，以我建築麻瓜的觀點來看，這商場難得的溫潤，嶄新卻沒有驕氣，回來以後我去查了建築師的名字，打算記住隈研吾這個人。當然也不能排除我對整棟大樓感到親切，有可能是因為買到一個太嗨而產生的連帶情執。新式的商場不同於過去多以品牌做為櫃位區隔，倒是多了各色選物店，選物的範圍從衣包鞋襪到鍋碗瓢盆都有，集中火力鎖定特定客群喜好，讓人一走進去就覺得十有六七都寫了我的名字，對，我的名字，我真的覺得日本人很針對我。

我就這樣一路忙著從Angers、中川政七、鞋子店、襪子店贖回明顯應該放在我家的家當，連書局都以文盲之姿去巡了一遍，結果當然還是渴死了。走回四樓，來到從前郵政局長的辦公室，才有得坐下來拿出水瓶，窗外就是充滿懷舊風情的東京車站，許多台灣口音的遊客來到這裡猛拍，我倒是相對冷靜，這種紅白相間的文藝復興式建築，總讓我想起台南的警察局，或台北的總統府，視覺上有著既視感的熟悉，情感上卻只想當作停下來喝口水的背景。

建築新得閃著驕氣的，是 Ginza Tokyu Plaza，今年三月底才開幕。我本來只打算進去幫朋友買一把洋傘，想當然後續的發展又是我行經各大店鋪，流連忘水的過程。退稅的櫃檯在七樓，上樓把稅一起退了說起來簡單，實際上沿途卻要遭遇各種的惡鬼攔路，撒紙錢是沒有用的，撒真錢徹底收服才能還歸清靜。有一雙假冒成燒番麥的襪子對我痴纏不斷，我在倉皇逃逸之前，拿起放下拿起又放下，起碼有三次之多，沒有拿出真錢做個了結的下場，就是燒番麥襪至今仍勾著我的魂魄，叫我有空再去坐坐。

辦完退稅，我不敢再身入險境，直接搭乘電梯去到地下二樓，在渴到口腔內膜都要龜裂的狀態下，草草巡遍不賣食物的店鋪，火速包起兩件對折的夏裝，才終於甘願到 Soup Stock 坐下來，喝一杯薑汁汽水，吃一盤腰果咖哩。

我邊吃邊感慨，逛街好容易脫水啊！日本人這樣體貼客人，或許可以考慮提供「隨身輸液帽組」給觀光客們，將瓜皮帽式的生理食鹽水袋勾吊在時下最流行的巴拿馬帽裡，成為隱藏式點滴，憑護照還可於各大百貨服務處免費上針。是說如果真的有上針的服務，那不如順便經營血庫吧，我逛著逛著偶爾會遇到一些商品，明明一看就該是擺在我家的，但那價錢簡直是要逼我去賣血。

我是覺得自己能想到這個補水裝置，簡直聰慧過人，哪一天榮獲採用的話，希望能夠看在我是發明人的份上，留給我取名的權利，紀念我在銀座幾乎渴死的那四天：Goosey Sui，傻鵝水。用連音寫成片假名看起來超流行，グースイ。

我真的很會有沒有？

在超市的中心呼喊幸福

六月底去了一趟沖繩。因為想著是去悠閒渡假，事前完全沒有調查哪裡有貓貨好買，幸好在那霸新都心閒（積極）逛（敗家）的時候，發現Main Place裡面一家大型超市，裡面有著滿滿的貓貨，要不然可沒得對貓交待了，真是意外的救贖。

日本超市裡寵物食食品貨架的占地比例，大概是全世界最高的。如果在日本以外的地方發言：「我的貓最喜歡干貝口味的雞柳，家裡隨時都要有」，通常會得到對方難以置信的表情，好像我是用妲己褒姒的規格在寵貓。日本超市的貓貨規模，完全給我撐了腰，他懂那些東西就是養貓人的日常。貓本來就是除了乾糧還要吃各色罐頭，口味得要鮪魚蟹雞肉鰹魚輪替，很乖的時候要吃十一歲以上適用的夾心餅，特別乖的時候則要開真空包雞柳魚柳，偶爾嚼幾塊摻了木天蓼的小點心，或是木天蓼本人，嘛。

在日本超市的貨架上，像寵愛貓狗這樣，嚴格說來發展得有點極端卻非常討喜的，就是食品業者花在「包裝」上面的心思。例如Q比美乃滋，有個小貝比商標的那款，光是原味在超市裡就有五種以上的包裝：大罐，中罐，小罐，迷你罐，和用來帶便當的單份隨身包。不管你的冰箱有衣櫃那麼大，或是比書包還小，他都保障你可以在家裡冰一罐美乃滋的可能性。我出於好奇上官網去查，原來他總共提供七種不同容量的軟罐，「大、中、小」之間還有別的規格，可惜中文裡面並沒有延伸出「中大、正中、中小」這樣的體積形容詞可以用來列舉。我才知道，原來人類可以享有這麼優渥的軟罐尺寸選擇權。

當然日本的包裝不全是令人感動的部分，傷腦筋也是有的。再以Q比美乃滋為例，不要以為五十克裝的迷你罐已經最像玩具了，最要命的是它還有一款玻璃罐包裝，時不時就會推出特殊版本的設計。我曾經遇到過五十週年的紀念罐，那個平日裸體頂上只有一撮毛毛的Q比小傢伙，忽然蓄起頭髮戴髮箍，還穿上英式女僕裝舉著鍋鏟，瓶罐控遇到能不買嗎？日本食品業者太明白消費者眼睛比嘴巴更衝動，以及招架不了「限量發售」的弱點，弄得超市裡處處是可愛瓶罐危機，讓人感動他太好買，苦惱他買不完。有時候我會在心裡哀嚎「路本倫你們放過我吧」，但又隨即改口「啊我沒有那個意思，你們還是繼續好惹」。

除了滿足自己的物慾，我也喜歡在超市採買伴手禮。雖然土產店和免稅店裡面一整盒的精美點心更體面，但是我總忍不住想與近親知交分享更貼近當地庶民的食物。挑幾款很「假會」的泡麵，「區域限定」的零嘴，號稱使用真果汁卻香噴噴好像葡萄橡皮擦的軟糖，貨架上看起來最貴最高級的七味粉，或甚至買一包繽紛的衛生棉給密友們。作為觀光客，看不見居民們關起門來生活的樣子，但是在超市裡，和當地人一起置身於柴米油鹽之間，想像他們餐桌上吃些什麼，衣服洗好是什麼味道，電視機前堆著哪些垃圾食物，想我是不是也可以帶回去給自己或那個誰添添風情，這樣一來，才覺得生活也一起來旅行了。對我來說最具異國情調的景點，向來都是超市，而在超市裡挑禮物，就像把親友們也一起帶來旅行，好闊氣。

冠冕堂皇的話說完，緩緩撕下面具現出我的師奶真身，其實另一個在超市採買禮物的關鍵理由，是價格。到了沖繩自然要人云亦云的買黑糖，買泡盛，買雪鹽產品，適當劑量的盲從讓觀光客更快樂。從下飛機開始，名產大軍就不斷出現在各個商家，一款名產有一個售價和一個產品說明，十款名產分布在十個商家，就有三萬八千種售價和產品說明的排列組合，這是會引發選擇困難症，刺激壓力荷爾蒙分泌，導致肌肉崩解並且加速脂肪囤積的啊！超市裡面就有黑糖，泡盛，各色沖繩啤酒（以及夏季限定口味！），沖繩麩，雪鹽餅等名產躋身在日常雜貨之間。面對斤斤計較的當地主婦們，自然無法抬價或是圖文不符到哪裡去。超市的主要客群可是日本主婦，用精打細算餵飽家庭，還能兼顧做人體面的專家。我對她們有信心，在超市買手信很省神。

噢還有就是，它免稅。雖然趴數不高，但是心情好。在這個日幣換算可以直接除以四的時刻，又知道買的東西可以退稅，放眼所見的商品全都自動調亮一個色階，走向喜歡的零食時，每踩一步就開出一朵粉色的小花。買滿兩大籃，退回千把塊，再繞回去拎幾罐挑幾包「沖繩限定」，晚上在飯店床上吹冷氣看電視大吃大喝，讚許自己圓滿了一趟超市行程。這種老少咸宜貧富不拘都能享有的盡情舒快，是只有超市才能給的啦！

沒有，我沒有去過日本看櫻花

每年春節過後，賞櫻的訊息會雨後濕疹一般，從我的臉書頁面長出來，一開始病勢和緩，到了三、四月進入高峰期，成日都是粉紅色的瘙癢，這裡停了那裡發，直到櫻花落盡才有得消停。平常最令我感慨自按讚不可活的，本來是那種專放美食縮時影片的粉絲專頁，只想到要配合他們自己的美國時間，也不考慮台灣人就寢時分看到那些食物是什麼心情；但一到三月底四月初，最挑戰理智神經的卻是各大旅遊專頁的賞櫻資訊，東京千鳥淵好美，京都醍醐寺好美，奈良吉野山好美，我沒去過心好痛，稍早見到小江戶川越的「花見舟」照片，讓我想要立刻含一顆巧克力舌下錠來緩解疼痛。

旅遊專頁的美景照片張張專業，角度構圖配色和路人數目都經過精心算計，一看就知道裡面藏著學問。哪裡可以看什麼櫻，搭配什麼景，早開的花在哪裡，晚開的哪裡還有，搭什麼車，買什麼期間限定，該留意該提防的，交待得體體貼貼，是賞櫻的論述，逐文爬讀能夠建立「傻瓜也能享受滿開啦啦啦」的樂觀期待；叫人猝不及防妒火中燒的是臉書親友一眾，這些人幹的是賞櫻的實踐，緯度從南到北，嘉義阿里山、淡水天元宮、關西關東北海道，有狗的牽狗，沒狗的牽人，沒人牽的糾眾野餐，在藍天白雲下映著嬌嫩的櫻花拍照貼臉書，「這季節不看櫻花才是傻瓜哈哈哈」。想當初結交這些人，圖的不就是生活裡多一點趣味和溫暖，誰知道貼起賞櫻圖的時候，一個比一個手段兇殘，尤其那些在日本打卡的，心若鐵石令人髮指。

這疹子年復一年地發，又癢又煩，斷根的辦法大概就是親眼見識一趟。

儘管櫻花只挑春天綻放，在日本卻像是四時長生，任何季節去到日本，都能見到鑲嵌在精神細節裡的櫻花。國族的，文學的，歷史的，生活的，花朵乍看很輕，名字卻帶著重量，正當我以為該恭肅對待，卻又發現它在市井歡鬧。世上許多地方都有櫻花，但唯有在日本，才能看見一個擁抱盛放與殞落的民族，以獨有的姿態讚頌櫻花的盛放與殞落，那是我想帶著謙靜的眼睛與耳朵前去感受的人文景致。要是日本觀光局看到這一段，感念我如此識情趣得人疼，邀我前往賞櫻，也算不枉這費盡心機的示意。我必定要排除一切行程前往赴會，沖一壺綠茶，帶上一盒米飯染得粉紅粉紅的花見便當，和貼著鹽漬花瓣的櫻餅，櫻餅，與櫻餅（因為很想吃所以講三次），坐在櫻吹雪的微涼春風裡，吸著謙靜的鼻涕慢慢嚼，彌平我年年空爬賞櫻文的嘆息。

賞櫻原來是不能拖遲的旅行項目，想了好久要到日本看櫻花，卻老是不得因緣，或是機位難求，或當年預算困難，再不然就是旅伴意願不足。本來覺得無所謂，總會讓我等到天時地利人和的時候吧，不料一年拖過一年，竟然不巧長成了畏懼人潮的人。前年我承諾帶媽媽到京都玩，讓她先選好櫻花或紅葉，我好趁早訂票，心裡盤算著要是她選擇櫻花，我以孝親為名或許能生出好一點的人潮耐受度來，誰知道她居然撇著嘴說櫻花她早就帶著外公外婆看過，不用了。自以為小有見識的女兒被鄉間的老母告知，她所願望的賞櫻行程沒什麼好稀罕，其實挫敗感挺大的，只待這個四月再在臉書上看幾張親友的櫻下打卡照，我便應該終於可以心碎。

去過日本好幾趟，要說從沒見過櫻花那是騙人。有一回去東京是三月中旬，新宿御苑裡的櫻樹只開了幾株，很客氣很內斂的局面，但壽司和茶都已經買了，總是得坐下來吃完。園子裡面人不多，保育園的老師帶著一群幼兒在草地的另一端活動，包著紅布帽的小型人類拉住手一字排開，喧嘩奔跑著，我與同行的夥伴一邊吃，一邊看著遠方宛如日劇的場景，偶爾抬頭望著樹椏上將開未開的櫻花出神。成串成排的花苞，粉嫩的花瓣還卷著，間中幾朵微微開了口的，仔細看進去，會發現一條條赭紅色的花蕊，隱約要探出來。我心想，這意思不就是露著鼻毛的鼻孔嗎？真有點像啊，那含蓄的搖曳。

那一次看見的櫻花，絲毫不能滿足我對日本賞櫻的想像，充其量只能成為記憶裡突兀的一瞥。回台後我在部落格上分享櫻花花苞與人類嗅覺器官的共同特徵，引起友人們很大的迴響，大家都說那是個相當難忘的觀點，有些甚至表示感情受到傷害。爹某（我看日劇女主角楚楚可憐表達語氣轉折時都這樣講），我並沒有要說櫻花壞話的意思，像我這種不曾好好賞過櫻的人，如何說得出紮實的壞話來？我只是懷抱著傾慕太久，苦等不到一次盡情的親近，對著長年掛念的對象，能多說上一兩句心情，也勉強算得上些微的安慰。我這是愛。

鬼才偷拖鞋

有人拖鞋被鬼偷過嗎？我好像有。或者說，我今年在美國某個飯店裡，發生了一樁拖鞋密室消失事件，如果大家想要像我當時那樣堅持採取科學立場，來質疑自己想要逃跑的本能的話。

我在洗完澡踏出浴缸的那一刻，發現脫在地墊上的拖鞋不見了，那種平價商旅提供的紙糊拖鞋，我從台灣帶去的。找不到拖鞋本來不是什麼值得注意的事件，人素日裡找不到的東西堆起來根本足以另創一組恆河沙世界，可能是我脫牛仔褲的時候隨腳踢飛了，可能是爬上床頭吃沙拉配電視的時候不小心塞進床底了，可能是根本沒有從行李廂裡拿出來，找就是。

圍上浴巾回床邊巡視，沒有。翻行李箱，沒有。再回浴室把地墊體重計全掀了，還是沒有。我站在浴室門外試圖運用最大腦力思考拖鞋的可能位置，地毯的粗糙纖維抵在腳底板，傳來陌生的觸感，陌生到讓我足以確信，洗澡前的確是穿著拖鞋的，因為陳小姐慎重囑咐，飯店地毯可能有床蝨，不要直接接觸，所以我在抱著睡衣和盥洗包使勁扯門的時候，的確穿著拖鞋。

對，扯門。在拖鞋消失前，這本來算不上一回事。浴室門在我要去洗澡的時候是關上的，而且上鎖似的打不開。估計是門鎖老舊，剛才出出入入可能一個粗魯讓機械裝置卡住了，我握住一字型的門把上下扳動，希望蠻力有用，蠻力在人類社會裡偶爾有用。果然，扯幾下就鬆了，我壓下門把，卻拉不動，門重得好像新式大廈的樓梯逃生門。美國除了月亮比較圓，連木頭都比較實嗎？我鼓起不存在的二頭肌，好不容易拉開三十度夾角，忽然向後一蹌，門在我猛拽的瞬間竟然輕回原本的重量。我在肚裡生出一個罩著灰霧的驚嘆號，那感覺好像、真像、太像對面有另一個人同時緊抓著門，卻忽然放開了手。

我第一時間就把驚嘆號擦掉，走進浴室。身在異地，有些思考路線不適合發展，就連跨進浴缸時，腦中閃過別把浴簾完全拉上的警訊，也一併斥為愚念，我一邊往頭上搓泡泡，一邊告訴自己及早洗睡才是旅人正途。到我沖淨全身，已經遙想完一遍國中物理關於真空的說明，無窗浴室的密閉狀態也算接近真空吧，開門的時候必須艱鉅對抗大氣壓力也算合理嘛。人對於物理常識不求甚解，在這種時候大有好處，因為很容易可以說服自己，萬事萬物都有科學解釋，只是自己不懂而已。

聽過這個故事的幾個人，不約而同在這個點上質疑起我的判斷力：你都已經遇到鬼，還留在房裡想國中物理？但我只是想要保持客（鐵）觀（齒）而已，科學家做學問不都要先排除已知的可能性，才逐步限縮未知的可能性？學校教我們「杯弓蛇影」這句話，也就是圖一個大家凡事先冷靜。

而且我反覆確認找不到拖鞋以後，就歸納出事情不在科學範圍內的結論了，沉著不失效率。好啦這說不定是一雙薛丁格的拖鞋，但是我連薛丁格的貓都搞不懂了，實在沒辦法去到那種科學層次。那一刻我終於決定承認可能有人，或之類的，在連續暗示我不想共用浴室，而且我最好不要拖到人家必須把暗示變成明示。

因為換房間實在麻煩，我接著開始考慮，有沒有可能不用浴室睡過那個晚上，也就是說如果那人，或之類的，介意的共享範圍只含浴室的話，我睡在床上應該還好吧？但要人體實驗這個理論實在風險太大，只好放棄。既然要換房，接下來的問題就是，我應該先吹頭髮還是先打電話給櫃檯。說到這裡又有聽眾面露震驚，你還吹什麼頭髮?!問題是，萬一滿房我不是要拉著行李出去換飯店或睡麥當勞什麼的，濕著頭會患頭風，你阿嬤沒說過嗎？

所以我回到浴室吹乾頭髮，擦好保養品，換回外出服，收完行李，清好喉嚨，才拿起電話。前檯人員說當然可以換房，但想知道有什麼問題。「嗯，我無法確切告訴妳為什麼，」因為真相聽起來實在太像中年婦女神經質發作，我不想說出來招惹負面臆測，或同情。人在值得被同情的時候獲得錯誤同情，那是徒增悲慘，我確信這種時候扮演一個對客房品質不滿意的住客，要比受到驚嚇的住客來得有尊嚴，所以刻意張揚意志接著說：「但是我在這房裡真的非常不舒服。」希望她聽得出結尾接的是句點，沒有商量餘地，不給換房我會拉著行李去大廳睡沙發給她看。

前檯人員一個字也沒再問，說她會在電梯口等著親自帶我去新房間。一會合，我內心暗歎，她對我溫和有禮，但是眼裡滿是戒備與憐憫，針對瘋婦那一種。有理難辯啊，總不能搖她肩膀叫她相信我真的遇到鬼，因為嚴格來說並沒有。新房間和舊房間格局相同，電視台一樣在播精神官能症的新藥廣告，真想來一顆。我眼亮燈亮靠在床上不能睡，企圖檢討漏掉哪個環節，才會找不到拖鞋嚇自己一場，但沒有，沒有任何地方可能合理包藏一雙拖鞋讓我看不見，上了門鎖栓了門鏈的房間就那麼點大，就算有賊從窗外進來，消失的也該是裝著美金現鈔的包包，鬼才偷拖鞋！

鬼才偷拖鞋。真沒料到我會有一天可以用雙關意義講這句話，不得不承認對此有丁點得意，但又隨即自責萬萬不該對此事抱持任何開放的態度。拖鞋被偷不要緊，被狗偷甚至有點可愛，被人偷只是氣一場，但是被鬼偷真的很燒腦，瞧我前前後後想了多少事情。全是白搭！

狂粉的單字課

前幾個月迷上幾個英國演員，一片熱血赤忱想要認識人家，網路搜尋歷年訪談影音檔和採訪報導讀完還覺得不夠，所以到 Instagram 和 Twitter 仔細訂閱一輪。尤其推特，裡面的粉絲真是各種瘋，剛開始看不太懂他們講什麼，粉絲們發展出一套自有語言，不是日常得見的英文。我基於對偶像的堅愛積極自學，如今已經克服語言障礙，充分具備以英語表達鐵粉狂慕的技能。為了便利台灣民眾在西洋追星的舞台發光發熱，以下整理出一堂粉絲英文單字課，精選版。

stan，名詞。意指「超乎理智過度執迷的粉」，簡稱「無腦狂粉」。

典故來自饒舌歌手阿姆的歌〈Stan〉，說有個名叫 Stan 的粉絲試圖以各種令人不安的瘋狂手段博得偶像的注意，後來大家拿這個名字代稱「狂粉」，普及到連牛津字典都收進這個字。一般而言，自稱 stan 只是誇飾，用來表達自己非常非常愛，不會真的去騷擾偶像。例句：I am one of Mayor Han's stans.／我是韓市長的狂粉之一。（假的）

1. stan 常當動詞用，介系詞用 for，接偶像名，就是「為誰成狂粉」的意思。例句：I stan for Ying Xuan Hsieh.／我是謝盈萱的狂粉。（真的）

2. fandom，名詞。意指「特定領域的粉絲群」，例如同為中山北松山綠營立委候選人感到癡迷的一群人，就同屬一個 fandom。kingdom 是同認一個王而形成的王國，fandom 大概可以說是共迷一個對象而形成的粉絲國吧，這種粉絲國通常寄生在社群媒體上，因為傳播方便。有些狂粉貼出偶像的厲害照片時，會用這個字當開頭，呼喚全「國」同胞一起來看，例如前述立委候選人第一時間釋出徒手剝柚影片時，可能就有這樣的推文：Fandom！You are welcome！／同胞們，還不謝我！

3. mutual，名詞。常為複數，在粉絲世界裡意指「相互追蹤按讚的推友／IG友」，粉絲國就是靠這個動作形成的，A經常張貼孔孝真的消息，BCDEF屢屢針對孝真的貼文留言讚聲，久了就形成聚落。

例句：We are mutuals.／我們彼此有按讚追蹤。

4. ship，動詞。意指「把兩人湊成一對」，典故和船一點關係也沒有，反而比較接近 relationship 的字尾 -ship。比方說，許多觀眾一向認為康柏拜區演的那齣《新世紀福爾摩斯》裡面的夏洛克和約翰根本應該一對，就可以說：「I ship them！」。依我看，編劇根本從頭到尾故意讓那兩人 ship 來 ship

去，這種惹粉絲癡笑的情節最有利收視率。

5. keysmash，實務操作上這個詞不會直接出現，這是一個動作，也就是不知所云地亂打一排字母出來。在偶像忽然展露出極美、極帥、或極誘人的姿態時，粉絲會在貼文的旁白欄打上類似「afjdkahdjhgakkj」這樣的字串，呈現自己興奮到口吐白沫字都打不出來的狀態。字串通常主要以 asdfghjkl 這幾個字母組成，因為是標準英打指法的起始位置，如果有想要特別表達某些單字，安插到字串裡面才會明顯，例如：omg her lipsafjdkahdjhgakk／我的天啊她那個嘴唇 #%^&*

6. 承上，狂粉經常使用高濃度的情緒性字眼呼天搶地，大小寫和句讀也都亂來，以求表現偶像的作為為他們帶來多麼嚴重的身心影響，例如：omg 我的天！！！i cant 我不行了！！！YOU ARE KILLING ME 你這還讓不讓我活！！！！！Sarah 莎拉！YOUR TONGUE 你的舌頭在幹嘛！！！！！is it ReaLLly NeCEsSaRy 是有需要做到這種程度嗎？？？？？？y r u like this 你為什麼要這樣！！！！！is this legal 這犯法吧？？？STOP IT 快給我住手！！！！！！！IM GOING INSANEEEEEEEEEE 我要瘋了了了了了，之類的。偶像隨便抬一條眉毛，粉絲的性費洛蒙就爆表，句子讀起來幾乎有喘感，彷彿能看見鍵盤都被這些狂粉的手指敲扁了（本來就是扁的）。這種氣氛中文的方塊字很難做到，注音文或火星文反而可以。知道洋人粉絲狂起來一樣不顧文法理智低下，深感欣慰，跟上國際腳步原來這麼簡單。

追星當時本以為那些英國人如果要在台灣成立粉絲後援會，會長一職除了我沒人更有資格，不料狂粉文看到後來意外發現，目睹這些新興語言比看到什麼明星照片更令我興奮，彷彿集得多樣寶物，身心滿足。

人到底從幾歲開始可以說自己活到老學到老？

流淚雖然可恥

看戲時，我的哭點低到不合常情。平日的冷靜鐵血完全消失，無論多麼不入流的演出，只要人家灑一滴狗血，我就還人家三倍眼淚，哭到旁邊的人完全出戲，一邊遞面紙一邊喃喃驚嘆，這樣也能哭，而且哭成這樣。

萬一看的是拍攝精良的悲劇，那可慘。幾年前有齣日劇《Mother》，我集集哭到頭痛。人在急速流失鼻涕眼淚的狀態下必然脫水，脫水頭就痛，但是田中裕子在螢幕裡靜默心碎，叫我怎麼起身啪嗒啪嗒走進廚房，淅瀝淅瀝倒茶？那可是阿信耶，大家這麼多年的感情。

這樣頭痛過幾齣戲以後，我不得不避開悲劇，連書都挑著看，太有重量的故事實在沒辦法，會短命。萬一有非看不可的，只能仰賴高醣高油的食物熱量熬過去，我在戲院看完《小偷家族》以後，直直走進麵店，大吃一盤天婦羅配豆皮烏龍，才有辦法把虛脫的靈魂拖回家。

措手不及的狗血最難防禦，韓劇《耀眼》令我飽受折磨。隔了好一陣子再找韓劇來看，本來圖的是公式套得穩穩妥妥的無腦喜劇，女角有大眼男角有大胸，我看那暖色系宣傳海報裡兩個女人笑得開開心心，以為很安全，誰知道是親情倫理狗血劇，美女苦帥哥苦大媽苦大叔苦阿婆苦小孩苦，那海報的黃色根本是黃蓮染的。

最疲勞的不是苦，是氣。韓國人到這年頭還要鼓吹無怨無尤犧牲奉獻關我什麼事呢，各崗各位都有人好好的日子不過，非得把自己活成好人好事，自認為做得對就一股腦干涉別人的人生，還要站在倫理道德的高地上當聖人，精神霸凌凡人。我邊哭邊氣，有人真的會信啊，這種東西一但有人信，旁邊就有人倒霉，做孽啊！我到底跟著人家哭幾點的？

這樣內外分裂，一集哭過一集，第二天爸爸瞪著我發腫的眼皮搖頭，說這個人再不健脾祛濕要壞了，我嗯嗯啊啊敷衍過去，寧願假冒水腫患者，也不想解釋追一晚上劇如何能哭成這樣。哭點失衡這種症狀再怎麼欠醫，也沒人想找家長醫。

說別人做孽，最孽的還是我的淚腺，完全不受理智控制。理智說好了好了這種劇情，觀眾哭到這裡夠意思了，眼淚卻停不下來。像當年克絲汀鄧斯特在《吸血鬼》裡面嚐過湯姆克魯斯的血以後，意志堅決說她還要，差別只在她求補血，我求失水。有人說流淚是排毒，大概有些我以為還能囤一陣的毒，嫌我這宿主住起來木訥冷沉，難得遇到機會可以投奔自由，就爭先恐後上演滾滾紅塵去了。

好吧，流淚雖然可恥但是可以排毒。這樣想的話，比較有勇氣把《我們與惡的距離》看下去。我的淚腺們可能等著李媽媽出場已經很久了。呼，這種看戲比看自己的人生還辛苦的時候，居然也是有的。

輯六

說到愛情

書寫愛情的綠墨水

對於愛情的真面目，我最早的啟蒙是來自一篇報紙副刊上的散文，說用綠色墨水寫情書，因為綠色的油墨容易褪色，從寫下的一刻就開始淡去，所以最適合用來承載當下的愛意。

彼時懵懂，以為只是隨意讀過一頁報紙，連作者和標題也沒有記住，但是每當看見電視上、小說裡搬演的各種海誓山盟，心底卻會偶爾浮現幾頁鋪著綠色字跡的情信，墨色已經淡去一階，畫面像是一首帶電的短詩，喃喃抱怨著「愛情很華麗但是會消失；愛情會消失卻又如此華麗」的兩難，讓我讀一次震一下。

後來逛文具店，每一次見到整把整筒的綠色原子筆，都覺得像是尚未啟動的愛情胚胎，睡在筆蓋之下等待故事來臨。這種連結著青春期賀爾蒙的聯想，不好意思告訴身旁一同挑筆的同學，只能不動聲色抽出一支綠筆握在手上等著去結帳，0.7筆芯，透明六角筆桿，綠色筆蓋。同學一直都以為我是為了湊齊檯面上的紅藍黑綠四色，但我要一枝綠筆，從來都是因為據說它的油墨適合書寫愛情。

雖然備著綠筆，我卻只能用來抄筆記：

靜力平衡的條件為移動平衡且轉動平衡。

感官動詞後面接原型動詞或動詞＋ing。

蚤起，施（ㄧˊ）從良人之（的，助詞）所之（至，動詞）。

藍色與黑色才是最適合閱讀的顏色，大概也基於這個原因，學校的考試卷和作業規定只能用這兩個顏色書寫，如果我不拿綠色來抄筆記，讓它白白躺在筆袋裡，即使整個學期過去，筆芯恐怕還是滿格狀態，像是白白預備了一份心思，卻全盤蹉跎了去。既然沒有對象可以寫情話，我便對著自己寫國文英文理化，期待愛情的心思，讓我的綠色筆記讀起來別具風情，齊人之妻偷窺丈夫的時候，仿若是踩著少女的步伐而去。

到了後來，真的有人可以讓我書寫愛情的時候，字已經不用墨水寫了，絕大多數的情話都在指尖下鍵盤上，也許曾經用處心積慮練來的美工字體抄過幾首詩，或模仿文人的筆跡，裝模作樣在手工卡片上謄過幾句歌詞，但這些終究都不敵即時通訊軟體秒去秒回地交換 I miss you. I miss you, too。

我再也沒憧憬過綠色墨水，在發現情意多麼難以確定之後。每一句情話都是我的招式，恨不得說盡傾慕與可愛，好能一舉擒得意中人，叫他信我愛我沒有我不能活。電腦的白底黑字清晰可靠還能自動暫存，我都嫌它力有未逮了，更別提綠色墨水，一早多事預言心意的消逝，那可不是初初熱戀該做的事。後來我猜，那篇散文寫的是愛過的人，只是，對著愛過的人，我能說的話都在通訊軟體的對話框裡打完了，不能說的話也都當面失言或慎言了，哪裡還剩下甚麼能寫出來再褪一次色呢？甚麼油墨都無所謂了。

說到愛情，我想起飛蚊症

有些人眼睛朝著天空看的時候，會發現眼前漂著透明的變形蟲，沒有顏色，只是一個個極淡的輪廓，圈出不規則的形狀。這些變形蟲無法正視，假設你察覺到視線兩點鐘方向有一隻變形蟲，為了想要直視這隻蟲，所以向右上方微調視線角度，那只會讓蟲繼續往更右上方的位置移動，因為它們是眼球玻璃體懸浮物反映在視網膜的影子，只要眼球轉動，它們也會跟著移動，愈想要正眼觀察，愈是徒勞無功。

據說這就是輕微的「飛蚊症」，諸多成因當中，我大概最符合「用眼過度」這一項。有一次我躺在桶后溪畔，望著天空，四面八方轉動眼球，終於得出看清楚變形蟲的唯一方法，就是不要去看它。專心把焦點放在前方的天空，蟲子自然會乖乖停下來，這需要用一點意志力，按耐住轉過去的衝動，不去驚擾那隻蟲，才能用餘光慢慢瞄，探究它究竟是甚麼模樣。

在愛情裡計較情人對自己好不好，就像在找那隻變形蟲。愈是死命盯著對方夠不夠用心，就蒐集到愈多不及格的事證，這就像跟在變形蟲的屁股後面，一邊追一邊叫著：「對我好、對我好……，你要對我好啊！」跑到筋疲力竭，對方也不會對你更好。想像一下，要是有人如影隨形跟在身後不斷質問：「我這麼愛你，你為甚麼不能對我更好一點？」你大概很難對他生出甚麼柔情蜜意來，嚴重的話，說不定還要閃出幾滴恐懼的尿。

愛情一開始的時候，不容易出現這個問題，費洛蒙根本在潰堤邊緣，隨便磕碰就大把灑出來，對方眼皮抬一下你就覺得他示愛了，使你心情甜蜜，自動開啟加碼回饋機制，呵護他心情、照顧他吃穿，還主動幫他堂嫂的三舅公喬病床。對他好令你滿足，對方幸福快樂，也回應你各種周到。

日子久了，費洛蒙分泌趨向和緩，你二度幫三舅公喬到床位的時候，他喃喃說謝的樣子開始顯得不夠感恩。也不是懷疑對方的誠意，愛肯定是愛的，信任啦、理解啦、默契啦，在這個時間點上，不會有人的排名比他更領先了，但就是覺得，他好像應該對你再用點心，明明都是做得到的事情。一回神，你發現自己已經懷抱怨懟。

實情恐怕是，一旦你開始計較，他「對你好」的心意也將走向消亡。和眼球上的飛蚊一樣，「對你好」是附件，依存著你們的愛意而生，隨機出現在日子裡無數的片面中、縫隙間，是造橋鋪路之後不招自來的福報，吃用起來無須刻意減省，也不虞匱乏。你不去計較，它才能存在。能計較甚麼呢？除非我們說的不是愛情。

IKEA其實是個有點陰險的地方

這世上沒有別的店家像IKEA這般，這麼大程度摻和過我們每一段感情，簡直是全球戀情見證所。你看你看四海都有IKEA，無論在亞洲歐洲美洲跟誰談戀愛，都免不了要進它店門，買幾件鍋盆沙發檯燈，就算不住在一起，成雙的愛情鳥兒挽著手走進一個接著一個居家示範情境，腦內自備噴發桃色煙霧的乾冰機，幻想將來會有的幸福生活，也是愛侶們逃不了的交往程序。

所以你後來忘記了的，它都幫你記得。那張萬年長銷的平價咖啡桌永遠擺在那裡，從前你租屋處用的就是這款，晚上看電視扒便當的時候，兩雙腳擱在上頭，那個人坐在你右手邊，正好方便你把紅蘿蔔夾過去丟在他飯上。但那是上個世紀的事了，你早已經不再稀罕同他一起晚餐，十幾年來沒有關心過他的死活，但是站在亮晃晃的賣場裡，卻莫名其妙想起一幕澄黃燈光下的家常，他的笑話很刻薄，你記起打他的時候，他臂膀傳來的溫度。

還有書櫃，剛出社會買簡易版的比利書櫃，工作幾年以後升級成有門板有抽屜的各式組合櫃。自己組裝能省點錢，那說明書看起來和樂高玩具附的差不多，但木片和金屬的重量絲毫不是兒戲，一個抽屜的左右軌道，就是山盟海誓的第一道考驗，你鎖那邊我鎖這邊，關上抽屜的時候怎麼就有一邊闔不攏。你那邊是怎麼鎖的怎麼推不進去？什麼我這邊？剛才跟你說那個螺絲先不要一次旋那麼緊你不信。拆開重鎖，鎖完再拆，一個不小心連人都拆散。所幸兩人情比金堅，累癱後睡了一夜醒來，看著依舊微凸的抽屜，一起嘆息歡迎新櫃子加入你們「沒關係只要我們在一起，甚麼都可以」的生活。

逛完一圈 IKEA，你忍不住暗忖幹嘛幹嘛，我都刪了那麼久的東西你幫我存在這裡做甚麼？有誰拜託你幫我記錄少時的點點滴滴嗎？身旁那個和你一起來挑家具的人，經過那顆抱枕那張餐桌的時候，並不知道自己路過了一段你的歷史；或許，剛才那套你摩挲許久的床單，也曾經浸過幾趟他的淚水，但這兩個因為步入中年而顯得鬆垮的人，並不說起這些，不說也各自明白，如果不是從前用過那幾款東西，現在或許無法如此精準地確認，哪些產品適合加入自己未來的居家願景，哪些倒是永遠不必。至於運送組裝，你們連眼神也不用交換就知道要委請專業，這種可以用錢避開的齟齬風險早已不在課題之內，你們可是好不容易走到了這一步，即使各自懷抱未知，也要買張沙發坐在一起。

說到愛情我想起三十萬

小時候，阿嬤有一次在餐桌上提起某人的女兒歹命，嫁了性格魯直急躁的丈夫，忍氣吞聲好幾年，最後丈夫還是為了某個不得不的原因，拋家棄子走了，女人落得孤身持家。那時爸爸幫那丈夫說話，說他其實對太太算是「不錯」，理由是，儘管男人並不是手頭多麼寬裕的人，離開之前卻還是給了她三十萬生活費。當年的三十萬還算能過點日子，在座的長輩們再沒人反駁，竟像是略帶嚮往地，默認了這個抗告。

這個轉折，是我在自家餐桌上難得聽到的，極少數關於愛情的線索，儘管整個故事說的是婚姻。長輩們對那三十萬的反應，是這個故事最接近庶民愛情的部分。

當然，那三十萬在今日此時的餐桌上，只能被當作一張自我免責的贖罪券，除了買個心安，沒有太大的實質補償。但在當時的時空背景裡，愛情還沒能排進全民待辦事項，需要應付的肚皮與帳單太雜太煩，管不到其他。愛情充滿變數，向來不是維穩家庭政治的理想材料，養隻愛情的雞，放屎的次數永遠比生蛋的多。拜託，我哪來的時間看夕陽？看電影不如看高普考講義，更沒體力晚上不睡覺看星星，但是如果給我錢的話，謝謝，你不說我也覺得你愛我，三十萬你肯定存了很久。

愛情被勞碌的日子分割成無數個細碎的分靈體，對於愛情的各種付出與索求，被分解成稀瑣微小的碎片，飄懸在日常走動間，成為各種「疼你」和「疼我」。不敢奢望動人心弦的愛情，只能在行有餘力的時候，隨力搜捕或發放這些愛情的「差可擬」，想要疼愛誰或被誰疼愛，往往合意的時候少，苦悶的時候多，隨緣與知足成為極度必要的國民口號，叔伯姑嬸們乾脆寫成卷軸掛在牆上案頭，做為人生指南。

生活的餘裕決定愛情的規模，愈是勞碌的人，愈沒有心力搜捕愛情分靈體。於是在匱乏的心裡，一筆能夠省卻一段勞碌的錢，也就等同於買來一段愛情差可擬。不是愛情本尊，只是差不多可以比擬，但是其實也沒多大關係，只活在夏天的蟲不必知道甚麼是雪，勞苦的心很容易相信，或即使不相信也十分樂意承認，這難得可以緩口氣的安穩日子，就是愛情。

想想多少錢可以買到你的愛情差可擬，或許就知道你在生活上有多少精神餘裕。

說到愛情我想起馬鈴薯

馬鈴薯超好吃，在我的宇宙裡，它是澱粉國的梅莉史翠普，做成甚麼料理都能得獎。一齣戲裡如果有梅莉史翠普，還沒看就知道精采；一道菜裡有馬鈴薯，對我來說就是安心滿足的保證。

所以我也超怕它發芽。馬鈴薯一旦發芽，便是「不再」兩個字。面目全非，沒有了，來不及了，枉費了，味道變了，生出龍葵鹼了，再喜歡也不好吃了。

如果這種根莖食物一開始就這副面貌，入口麻澀，全身是毒，那倒沒什麼好說，問題是它曾經非常美好，打從收成以來，就以最豐美的組成，期待著與命定的那人相逢；直到等待的時間太長，長到體內每個細胞都轉身成毒，教人終於入口的時候，敗壞一餐食慾，甚至毒癱幾條神經。這時候回想起它原來的白胖美好，分外唏噓。

有些情人根本是馬鈴薯，沒有按著他的意思吃了他，他就全身發毒給你看。

脆弱的自尊，幽微的心意，天不時人不和，造就愛情烈士必然的宿命。馬鈴薯情人看似擁護純粹的愛情，效忠的卻是悲劇，世上所有人都以為自己嚮往甜蜜與溫馨，但是只要空氣裡出現一絲足以涵養壯烈與悽苦的悲意，馬鈴薯情人周身內建的芽眼，卻會優先其它一切躁動起來。

普通話習慣把「activate」這個英文單字翻譯成「激活」，用在這裡好適切，好像體內埋著的前世怨苦，終於等到因緣和合，「登」地雙眼一睜醒過來，沿著血脈蔓延開來，最終掌控馬鈴薯人今後的眼耳鼻舌身意，不容退轉直到成毒。

有毒的馬鈴薯該不該吃，不好決定，整顆都長芽發葉也就罷了，最難的是芽眼只冒在腳底的那種，要丟怕雷劈，削去一角煮來吃卻滋味詭譎，心裡既不安又委屈。說起來總是情人一場，他會壞掉好像你也有責任，就算沒有責任，也不忍看他在苦毒裡泅溺，自己卻身心康泰地走開，多陪著他一刻，為他緩一陣毒發的速度，是情分、是道義、是憐憫。

卻也是枉然。除了他自己，沒有誰攔得住一心赴毒的人。想要賠上青春與天真去陪伴發芽馬鈴薯情人之前，或許可以想想古人獻祭肥羊與純潔少女給妖怪的眾多故事，妖怪從來不曾切結保證不下山屠村，它同意的只是在羊和少女的產量穩定的時候，儘量先吃送到眼前的這兩款。

苦毒啃食完宿主的心之後，不吃他隔壁那一顆吃誰的？算到這裡你還沒開始收書包的話，我只能說真愛果然非常強大，和業障一樣強大。

說到愛情我想起扮仙

小時候，鄉下偶爾有戲看，廟裡的神明生日或信徒還願，就在廟口做戲，隆重的做歌仔戲，經濟一點的做布袋戲，每天下午和晚上各有一場，正式演出之前會讓演員或戲偶排排站在台上，扮仙祈福。

我特別留意布袋戲的扮仙，鑼鼓點一起，麥苦開始試驗，就趕緊站到台前，等著戲偶一尊尊端上去，身邊的群眾也一個個聚攏來。一群鼻涕小兒忍著夏日蚊蟲或冬日寒風堅守棚下，聽著布袋戲師傅怪腔怪調，為的當然不是支持傳統戲曲文化，而是等著扮仙最後撒糖果的慣例，大人說那糖果吃了保平安、好長大、會讀書，但其實我們只是想吃甜。

接糖果有點學問。師傅躲在布景後面盲拋，台下的人很難預測拋物線的起點，自然也就難以判斷落點。說全憑運氣也不是，糖果有幸出現在自己的頭上，迎上去接的手不夠決斷、不夠奮勇的話，很可能掉下來砸在額頭，彈出去給隔壁的紅豆腿男孩撿走；但是要說努力有用的話，有時候明明看準了來勢，只差那十分之一秒糖果就要落在掌心了，戲棚上忽然噴出一圈米酒，正中我兩隻眼睛，不得不閉上眼的剎那，聽見旁邊的臭白目襲過來取代我捕獲那顆糖，包裝紙被手掌握緊，只是非常短暫的一下窸窣，在廟口的喧嘩裡沒有人知道，我用耳朵關注著它的離去。

愛情的降落大約也是。

我們伏低身體，等待愛情落到眼前，旋轉跳躍，有時閉著眼，各憑本事將甜蜜一把抓在手心。那些接到了的、撿到了的，喜滋滋把糖塞進頰邊，其餘的人繼續以虔誠的姿態，試圖在各種自以為高明的時機躍起，有些額角誤撞上別人的愛情流了血，有些出師未捷先熏了眼睛，看不見前路何去，只好站在人群裡抹淚。

「到底那顆糖是有多好吃？」這樣的問題，在自己沒有吃到前，從來都是謎。愛情的滋味，吃的人甜在嘴裡，想吃卻吃不到的人甜在仇人的糖罐裡，意想起來愈是好滋味，愈是恨不得想要嘗一點。執迷久了，那甜味在人體內吸骨喝血，幻化成相貌絕美的糖妖，日後真吃到了，竟覺得不夠。盼望如此深渴，降臨的愛情反而不夠香，不夠甜，不夠填。

扮仙糖果般的愛情我接到過幾次，萬分竊喜甜蜜，也的確因此多讀了書，但不是學校裡的，而是三色人講五色愛的那種，讀來保心情平安的。心情平安有時保得住，有時保不住，保不住的時候，人就會長大，很好長大。

說到愛情我想到野生動物攝影師

那種國家地理頻道或ＢＢＣ播出來的，獵豹一時在草原上暢快撕開幼羚皮肉，一時悠閒趴在樹上瞌睡的影片，一看就知道背後必然有個沒得好吃好睡的攝影師。

乾淨的床單、熱水和沖水馬桶自然是沒有的，獨自在人跡罕至的陌生荒野裡，喬裝成一叢灌木、一塊岩石，或一坏土，披著迷彩雨衣或帳篷，背上流汗就讓它結成鹽，肚子餓就吞點乾糧，儘管已經躲在下風處，還是要力求低調安靜、不驚不擾，讓自己做為一個極其謙卑隱晦的存在，只求能夠接近獵豹到安全的極限範圍，等待看見的機會。

看見他心儀的那頭獵豹，在天地間原本的野生模樣，憤怒就威嚇，飢餓就獵捕，疲睏就瞌睡，發情就求歡。野性，是動物園圈養不了的原始生命力，強壯而豐富，美得幾乎就要證明神的存在。地球上有四十億人，但唯一親眼見到獵豹之美的，只有攝影師那一雙眼睛。我說，這世上沒有誰比他更具資格，成為那原始樣貌的唯一見證者。

當「我就是喜歡你原來的樣子」這句話在情人之間出現，總讓我想起野生動物攝影師藏身在荒野中，謙卑而沉著的身影。千萬人中，唯獨是你懷抱傾慕走入我的地界，勇闖我飛撲而上就能咬斷你脖子的獵殺範圍，不求驚擾地欣賞我的本來面目。

關於存在的辯證，我向來難以決定哪一個比較有理。一顆橘子，如果從來沒有人看見，那橘子究竟存在過嗎？能夠確定的是，有了你在數步之遙的戀慕守候，我這條勞碌而塵染的靈魂，才特別察覺到自己活著。你蹲伏的深度，與我展露的真實，是即時連動的拉鋸。為了看見我，收斂起手腳與鼻息，蹲踞在謙遜低調的下風處等候，彷彿你是宮牆之外的庶凡草莽，而我是矜貴明豔的皇室王族，彷彿。

實情卻是，你愈是客氣自持守在低處，愈是攀上我生命的制高點；未曾試圖馴服，卻達成全面制約。你珍視尊重我如同一匹獵豹，我歡欣迎接你侵入我的地界，慶幸空氣裡有你的氣味，樂意在你眼前忘我奔馳，在你可及之處坦腹瞌睡。獵豹依然野生，卻再也不只野生。你沉靜的注視，照映出我的存在，是我一人獨享的光。你見我美，令我更美。

說到愛情我想起露西

露西小姐出生在三百二十萬年前的地球上，是一隻，同時也是一位，阿法南方古猿。她的腦容量與猿相近，卻能像人一樣用兩隻腳直立行走，雖然還是擅於手腳並用地爬樹，但在分類學上，她已經有了「人族」的名分。

從獸爬狀態過渡到人立，在人類演化史上是件大事，終於能等到猿猿站起來，要比萌萌站不站感人許多，露西小姐如果知道她的祖先用四隻腳在地上爬了幾年，大概會非常自傲於人立先鋒的身分。但當然，她不會知道這些，她只是吃喝拉撒地活著，也沒想過自己往後還有多少進化的可能。

愛情裡的兩造，是兩隻「露西」。

兩隻「露西」差不多身形，用差不多的視角，探索同一個山谷。所以他們攀走的山徑差不多，獲取到的食物差不多，開心的事差不多，煩惱的事也差不多，一直到突變來臨。

一隻「露西」裡面裝著一個靈魂；兩隻就是兩個不同的靈魂。靈魂擁有自外於理智與文明的天生意向，即使是愛情的澎湃，也溶蝕不去露西體內任何一個最幽微的自我執念。無論雙方多麼自認為相當，在變化到來時，終將遇上進化的歧異點。關係愈是久長，歧異點愈是連綿。

愛情裡的「露西」們並不是每一隻都如同人類演化史記載的那樣，一路從阿法南方古猿進化成能人、直立人、智人，到現代人，一直在一起過著幸福快樂的生活。結伴同行的路上，一旦「露西一號」在前面拐了彎，沒讓「露西二號」跟上，此去就是各自的前程。在進化的深林裡失去彼此的身影，最初還能聽見呼喊的聲音，不多久就只剩下對方在自己心裡的模樣。

「你在哪裡？」「我在你心裡。」其實對「露西」們來說是恐怖極短篇。「露西一號」走著走著，脫了毛、挺直了背脊、抽長了身高，進階成更高明的人，不再是「露西」；「露西二號」走上不同的路途，由於想得太多生出巨腦，兩隻腳站不穩只好又趴回去爬，演化成一隻過慮而夜行的獸，不願再記起自己曾經是「露西」。

曾經並肩的古猿與古猿，成為歸處各異的人與獸。人獸之間能有各式盟約，用來綑綁彼此的關係，但是來到愛情的分上，便是殊途。兩雙眼睛，對同樣那個山谷再沒有同一個高度的眺望。兩條靈魂各自輾轉，失去共同語言，聆聽與發聲俱是徒勞，而「露西」的愛情，最後只是三百二十萬年前的記憶。

註：露西（英語：Lucy）是標本AL288-1的通稱。此標本具有約40%的阿法南方古猿骨架，由唐納德·約翰森等人於1974年在衣索比亞阿法爾谷底阿瓦什山谷的哈達爾發現。目前保存在衣索比亞國家博物館。（取自維基百科）

新人間叢書 329

俗女日常

作者——江鵝
執行主編——羅珊珊
校對——江鵝、羅珊珊
美術設計——朱疋
行銷企劃——吳儒芳

總編輯——胡金倫
董事長——趙政岷
出版者——時報文化出版企業股份有限公司
108019臺北市和平西路三段二四〇號四樓
發行專線——（〇二）二三〇六六八四二
讀者服務專線——〇八〇〇二三一七〇五 （〇二）二三〇四七一〇三
讀者服務傳真——（〇二）二三〇四六八五八
郵撥——一九三四四七二四時報文化出版公司
信箱——10899臺北華江橋郵局第九九信箱

時報悅讀網——http://www.readingtimes.com.tw
思潮線臉書——https://www.facebook.com/trendage/
時報出版愛讀者——http://www.facebook.com/readingtimes.fans
法律顧問——理律法律事務所 陳長文律師、李念祖律師
印刷——紘億印刷有限公司
初版一刷——二〇二一年七月三十日
初版六刷——二〇二二年五月十六日
定價——新臺幣四〇〇元
（缺頁或破損的書，請寄回更換）

時報文化出版公司成立於一九七五年，
並於一九九九年股票上櫃公開發行，於二〇〇八年脫離中時集團非屬旺中，
以「尊重智慧與創意的文化事業」為信念。

俗女日常 ／ 江鵝著. -- 初版. -- 臺北市：時報文化出版企業股份有限公司，2021.07
304面；14.8×21公分
ISBN 978-957-13-9268-4（平裝）

863.55 110011928

ISBN 978-957-13-9268-4
Printed in Taiwan